다시는 절망을 노래할 수 없다

5월시 동인시집 제4집
다시는 절망을 노래할 수 없다

초판 1쇄 인쇄 2020년 5월 10일
초판 1쇄 발행 2020년 5월 18일

지은이 최두석 곽재구 이영진 김진경 나해철 나종영 박주관 윤재철 박몽구
펴낸이 김연희
주간 박세경

펴낸곳 그림씨
출판등록 2016년 10월 25일(제406-251002016000136호)
주소 경기도 파주시 광인사길 217(파주출판도시)
전화 (031) 955-7525
팩스 (031) 955-7469
이메일 grimmsi@hanmail.net

ISBN 979-11-89231-32-3 (04810)
ISBN 979-11-89231-28-6 (세트)

이 도서의 국립중앙도서관 출판예정도서목록(CIP)은 서지정보유통지원시스템 홈페이지(http://seoji.nl.go.kr)와 국가자료공동목록시스템(http://www.nl.go.kr/kolisnet)에서 이용하실 수 있습니다.(CIP제어번호: CIP2020018228)

5월시 동인시집 제4집

다시는 절망을 노래할 수 없다

최두석 곽재구 이영진 김진경 나해철
나종영 박주관 윤재철 박몽구

그림씨

머리말

운명의 현대적인 이름은 역사이다. 한 개인에게 역사는, 특히 전쟁이나 혁명과 같은 역사의 빠른 발걸음은 거역할 수 없는 운명의 모습으로 다가온다. 전쟁터의 여기저기에 쓰러져 있는 한 사람 한 사람 치고 기다리는 가족, 여인, 친구에 얽힌 절실한 이야기가 없는 사람이 없다. 역사는 이 모든 것을 무자비하게 짓밟고 지나간다. 1980년대 초 우리는 이러한 역사의 한 굽이에 서 있었다. 그래서 외국에 나가 있던 한 친구는 TV를 보고 미쳐 돌아왔고, 돌아와서 기독교 광신자가 되었다. 또 우리 주변에 있던 많은 친구들이 가톨릭이나 기독교, 불교 신자가 되었다. 한 개인으로서 견디기 어려운 운명의 모습을 보았기 때문일 것이다.

그러나 우리가 역사를 운명이라 부르지 않고 끝내 역사라 부르는 것은, 우리가 역사를 운명이라는 이름 아래 수동적으로 받아들이는 것이 아니라, 우리가 역사 속에서 역사를 이루어가는 주체라는 사실의 확인에 다름 아니며, 우리가 서 있었던 시간에 바쳐진 희생들이 우리 민족, 민중이 역사의 주체로 서기 위한 기나긴 싸움에 새롭게 바쳐진 성스러운 회생임을 확인하는 것이며, 우리가 서 있었던 시작이 드러내어지고, 분석되어지고, 해석되어져야 한다는 당연한 요구를 확인하는 것이다.

이제 분에 넘치는 영광과 크나큰 부끄러움으로 '5월시' 제4집 『다시는 절망을 노래할 수 없다』를 묶는다. 역사가 고정된 실체가 아니고 각 세대마다 자기 세대의 역사를 갖는 것이라면, 5월은 우리 세대의 역사에 부쳐지는 이름이다. 이러한 이름을 한 동인의 명칭으로 사용할 수 있었던 것은 분에 넘치는 영광이 아닐 수 없다. 또 그 이름에 값하지 못했음을 깨달을 때 부끄러움을 감출 수 없다. 더구나 제3집 『땅들아 하늘아 많은 사람아』에 대한 독자들의 뜨거운 호응은 제4집을 내는 마당에 우리 동인들에게 무거운 의무감과 반성의 계기로 작용하고 있다.

동인지를 묶을 때마다 우리는 늘 당혹감을 느껴왔다. 모아 놓고 보면 우리들의 시는 거의 대부분이 행복의 말이 아니라, 고통의 말로 가득 차 있었고, 그러한 고통의 말을 책의 형태로 묶을 때마다 우리는 자신의 가족에게 고통스러운 결단을 요구하는 것 같은 안쓰러움을 독자들에게 느껴 왔다. 사실 고통의 말은 자기 자신을 향해서 하기는 쉽지만 밖을 향해서 하기는 어려운 것이다. 왜냐하면 고통의 말이 받아들여지기 위해서는 그 받아들이는 사람이 그 고통을 자기의 것으로 하는 결단이 필요하기 때문이다. 아무리 떳떳한 근거를 갖고 있다 하더라도 누가 감히 자신의 고통을 다른 사람에게 쉽게 요구할 수 있겠는가?

그럼에도 불구하고 우리는 우리의 시가 고통의 언어이어야 한다고 믿는다. 왜냐하면 시는 사적인 것이 아니고, 사회적 약속이기 때문이다. 사적인 개인으로서 다른 사람에게 고통을 구하는 것은 어려운 일이겠지만, 시는 그 사회의 구성원들을 끊임없이 역사 앞에 소환하는 고통의 약속이다. 시는 흔히 개인의 체험을 이야기하는 형식으로 되어 있지만, 실은 개인의 체험을 통해서 그 사회 구성원의 공동체험을 이야기하고 있는 것이다. 문학에서 특수성과 보편성, 전형 등이 문제되는 까닭이 여기에 있다.

한 사회가 그 구성원들에게 풍요와 행복을 줄 수 있다면 그 사회에서의 시는 영광과 풍요의 언어일 수 있을 것이다. 그러나 한 사회에 빈곤과 불평등 폭력이 남아 있는 한, 그 사회에서의 시는 그 사회의 구성원들을 현실과 역사 앞에 끊임없이 소환하는 고통의 약속이며 각성의 언어가 되어야 할 것이다. 이러한 이유에서 우리는 지나치게 상상력의 자유만을 내세우거나, 시를 정신적 장식물로 보려는 입장을 거부할 수밖에 없다. 그러한 입장은 허위의식에 빠져 오늘날의 사회 상황을 잘못 판단한 것이거나, 잘못된 구조 속에서 잘못된 방식으로 풍요를 누리는 소수집단을 옹호하는 것이 되기 쉽다. 또 이와 관련하여 오늘날의 언어가 상품사회의 속성에 의하여 혹은 대형매스컴들에 의하여 완전히 조작되고 타락되어 있어서, 이러한 물신화物神化된 언어를 파괴하고 벗어날 수 있는 것은 그래도 지식인으로서의 예술가들뿐이라고 보는 견해에도 반대한다. 한 사회에 빈곤과 불평등, 폭력과 고통이 존재하는 한 언어는 완전히 조작될 수 없는 것이다.

배고프다는 말, 춥다는 말, 고통스럽다는 말 등과 연결되는 언어군言語群들은 그 고통의 실체가 존재하는 한 엄연히 예언과 묵시적 투쟁의 힘을 끌어내며 살아 있는 것이다. 우리는 이러한 고통의 언어 속에 우리 사회의 온갖 비인간화非人間化 현상과 폭력을 깨뜨리고 민족사의 미래를 펼쳐갈 민중의 에너지가 잠겨 있다고 믿는다.

우리는 또한 이념적인 것을 과도하게 앞세워 문학이 사회에 대응하는 독특한 방식을 부정하는 입장도 거부한다. 시를 통해 생경한 이념을 그대로 드러내는 것은 지식인의 언어와 방식으로 민중의 언어와 삶을 왜곡하거나 압살하는 결과가 되기 쉽고, 공적 언어인 시를 사적 언어로 떨어뜨릴 위험이 있다. 시가 사적인 자기주장으로 채워질 때 오히려 민중들로부터 외면당하게 되는 것은 그것이 기본적인 약속을 어긴 것이기 때문이다. 자신의 말이 모두의 말이 되고 모두의 말이 자신의 말로 되기 위해서는 문학의 사회에 대한 독특한 대응방식을 매개로 해야 한다. 이러한 방식을 문학양식이라고 하거니와 우리 시대에 적합한 문학양식의 확보는 우리가 해결해야 할 당면한 과제인 것이다.

이제 우리는 문학 양식의 새로운 시도를 위하여 단시가 갖는 평면적인 서정성을 서사적 공간으로 심화·확대하기 위한 장시에 대한 실험을 본격화하기로 했다. 그 작업의 일환으로 윤재철, 박몽구 두 동인의 연작 장시 두 편을 싣거니와 올해 안으로 동인 전체가 참여하는 장시집을 기획하고자 한다. 장시에 관한 평론이나 작품을 가지고 계신 분들의 참여를 기다린다. 우리는 또한 우리를 둘러싼 억압적인 이데올로기가 독점적 성격을 지니는 만큼 그에 대응하는 문학양식 또한 다른 예술 장르와의 연합을 필요로 한다고 느낀다. 우리는 각 장르들이 긴밀하게 결합될 때 시대에 대한 총체적인 대응을 보일 수 있다고 생각한다. 따라서 우리의 작업 또한 다른 예술 장르들과의 긴밀한 관계를 전제로 한다. 다른 장르와의 공동작업으로 지난해(1983)에 시 판화전과 시 판화집을 펴낸 바도 있거니와 앞으로도 꾸준히 다른 장르와의 연대를 통한 총체적인 대응방식을 찾고자 한다.

5월시 동인 일동

차례

머리말 4

최두석

전쟁놀이 15
김용오 씨 16
아카시아 17
겨울 성묘 18
기종도 19
박쥐 20
우렁색시 21
옥녀봉 23
참새 25

곽재구

콩쿨대회 29
정경화 30
양복임梁福任 32
은행나무 33
수수팥떡 34
송지장터 35
얼음장 아래 고인 연분홍 눈물 36
곰솔나무 아래 37

콩나물로 쓴 시 1 38
콩나물로 쓴 시 2 39
콩나물로 쓴 시 3 40
지평선 41

이영진

눈내리는 밤 45
봄비를 기다리며 47
우리 함께 가는 길이 49
서울의 밤 십자가는 51
풋보리가 익을 때까지 53
국립 서울대학 55
전공 정상길의 일기 1 57
전공 정상길의 일기 2 58
전공 정상길의 일기 3 59

김진경

돌 63
법法 65
한강漢江 67
한국사 69
이〔虱〕 71

지문指紋 73
E.T 74
총구銃口 76
장난감 왕국 77
김교신 79

나해철

투계 83
단식 85
영산포 9 87
강 89
시여 나의 시여 91
포도가 익을 무렵 93
한데를 바라보며 94
광주천 2 95
광주천 3 97
광주천 4 99
광주천 5 100
광주천 6 102
광주천 7 104

나종영

봄 109
등꽃 111
갈래꽃 113
택시 115
코피 1 117
코피 2 118
코피 3 119
죽어서 별이 되기 싫은 너에게 120
마틴 하즈 122

박주관

만날 수 없는 얼굴 125
싸움의 시작은 126
웃기는 아침 127
위대성에 관하여 128
기습을 배우며 129
산도 밀고 바다도 밀며 130
뜀박질 132
어머니 목소리 134
어머니 전상서 135
고향 가는 밝은 길이 136

윤재철

연작 장시_난민가亂民歌 137

박몽구

연작 장시_십자가의 꿈(제1부) 165

문학평론

시와 리얼리즘_최두석 190

최두석

전쟁놀이
김용오 씨
아카시아
겨울 성묘
기종도
박쥐
우렁색시
옥녀봉
참새

전쟁놀이

국사봉엔 늘 상도동 봉천동 신림동의 아이들이 몰려다니며 논다. 어른들도 달려와 역기를 들고 평행봉에 오른다. 사자암 약수터를 찾는 노인네의 발길도 끊이지 않는다. 자못 부지런한 한 시민의 일생이 여기저기 눈부시게 펼쳐지는 것이다. 오리나무 아카시아 백양 도토리나무 등속이 무리를 이루거나 혹은 섞여서 적자생존이요 인공도태다. 어깨를 부딪히며 들어앉은 집 사이로 수많은 교회들이 십자가를 높이 달려고 안달이다. 가까이 공사 연병장이 보이고 청소년들은 사관학교에 진학해서 정치를 하겠다고 벼른다. 그러나 열 살 아이 박근중의 죽음은 너무 사소해 모른다. 전쟁놀이하다 포로로 잡혀 구두끈으로 목졸린 사고의 의미에 대하여는. 잊어버린다, 전쟁이 어떻게 놀이가 되며 한반도에서 전쟁을 왜 하는지에 관하여는.

김용오 씨

내가 근무하는 학교는 아파트 단지 안에 있는데 김용오 씨는 아파트와 학교를 단골로 구두닦기와 구두수선을 했다. 고향은 충남 공주인데 거기에 유년기를 보냈던 고아원이 있다고 했다. 열세 살 때 고아원을 뛰쳐나와 구두닦이 십이년 째, 장래 소망은 제화점을 차리는 것이다. 그리하여 부지런히 열심히 구두를 닦았다. 하루에 보통 오십 켤레씩. 전남 해남에서 올라와 양장점에서 일하는 아가씨를 꼬였다는 그의 어린 아내는 늘상 아이를 업고 교무실에 들어와 구두를 받아갔다. 그들의 아이가 자라듯이 그들의 저축도 부쩍부쩍 늘어서, 드디어 소원성취하는 모습 가까이서 보려고 나는 잔뜩 기다렸다. 그러나 갑자기 생선 궤짝을 나르던 그의 형의 오토바이가 사람을 치이자 닦아놓은 일터를 팔아넘겨 그 자리 값을 형수에게 건네고 다른 일터를 찾아 떠났다.

아카시아

아카시아여, 어린 날 가위바위보로 잎따기 하며 십 리 학교길을 걸었던 향기로운 꽃나무여, 추억과는 무관한 내력을 말하자면, 이 땅에 네가 맨 처음 심겨진 곳은 용산 일본군 병영의 울타리였다. 그리고 아무 데나 뿌리내려 무섭게 자라는 너의 생명력이 부럽기는 하지만, 소나무나 잣나무를 죽이고 숲을 이루는 너의 번식력이 어떻든 부럽지만, 아카시아 사방공사가 묘하게도 해방 전후로 일관된 정책이었음을 안다. 너무 타산적이라고 욕하겠지만, 꿀맛만 슬쩍 보여주는 너는 우리 경제에 거의 쓸모없는 나무라는 걸 안다. 노임을 우리가 정할 수 없으니 쌀값도 우리가 정하는 게 아닌 이 나라 경제에, 너의 악착스러운 뿌리의 활착력을 우리는 다만 부러워할 건가 아니면 두려워할 건가 증오할 건가 어지러운, 향기로운 꽃나무 아카시아여.

겨울 성묘

아버지는 대를 뜨고 어머니는 바구니를 짜는 집을 나서서 멀리 지평선을 베고 누운 산을 향해 걷는다. 며칠째 얼었다 녹았다 하는 눈 사이로 보리가 푸르른 잎을 내민다. 하늘에는 수백 마리 까마귀떼가 바람을 타며 날고 한 줄기 삭풍이 머리칼을 헤치고는 달아난다. 길은 구불구불 영산강에 이르고, 물의 깊이를 가늠하러 다니다가 풀섶으로 가린 웅덩이에 발이 빠진다. 내친걸음에 무릎까지 걷고 건너다가 허벅지까지 흠씬 젖는다. 축축한 내의와 바지로 수곡부락에 이르고 가게에서 소주와 잔을 챙겨들고 산길을 오르면 마침내 다다른다. 도저히 위로할 수 없는 영혼 수백이 잠자는 곳. 추도라는 말은 더욱이 꺼낼 수도 없는 곳. 다만 발걸음으로밖에는 유대를 확인할 수 없어, 안타까움으로 넘치는 술을 따른다.

기종도

동학혁명 때 가족을 못 찾은 주검은 얼마나 될까. 살아 도망간 농군은 화전이나 일구며 숨었다가 다시 의병의 주력이 되었다지만 그때 시체 가족 찾는 일을 떠맡은 의인은 없었을까. 연못 바닥이나 흙구덩이에 혹은 하수구에 숨어버린 사람을 찾아 횃불 밝혀 나선 사람은 없었을까. 기종도여, 그가 바로 기억될 이름이다. 이십 년을 야당 지방 당원으로 한사코 자갈길을 걷다가 그가 오월에 주동한 일은 바로 그것이다. 그리고 행동했던 사람이 행동하는 스스로의 입을 어찌 막을 것인가. 또한 어찌 입으로만 말하고 죽어 지낼 것인가. 하지만 지칠 줄 모르는 입과 행동은 그를 감옥으로 안내했고, 작은 체구에 더없이 충만했던 힘도 이제 숨결과 함께 사라졌다. 감옥에서 이미 검은 몸, 병원으로 옮겨진 지 며칠 만에 자취 없이 사라졌다. ……그러나 또한 그는, 자못 흐려지는 우리 마음의 횃불에 기름을 끼얹으며 엄연히 살아 있기도 하다.

박쥐

눈을 감으니 문득 시꺼멓게 입 벌리는 동굴. 고향 뒷산 오리나무숲의 동굴. 어린 날처럼 나는 그 속으로 잠입한다. 밤눈이 뜨일 때까지 십여 발자국을 걷고 보면, 벽에 다닥다닥 붙어 있는 박쥐의 떼. 한 소리 크게 자르니 자욱히 어지럽게 나는구나. 박쥐여 박쥐의 떼여, 너희는 과연 무슨 곡절로 생겨났느냐. 태평양 전쟁 말기에 뚫어놓은 이 방공호에서 너희는 지극한 역설이다. 세월이여 눈 쓰린 세월이여, 시대가 바뀌니 박쥐가 새끼치는가. 박쥐가 새끼쳐서 시대가 바뀌는가. 떼는 날이 갈수록 불어 사십 년이 지나고 오늘밤 그중 한 마리 동굴을 빠져나가 유난히 날아오른다. 동네 하늘을 맴돌다가 치솟다가 곤두박질쳐 마침내 큰집의 사립으로 스며든다. 육이오 때 행방불명된 큰아버지의 제삿날에, 두루마기 자락 스치는 소리 들리고.

우렁색시

나의 선조는 최치원이 아니고
차라리 우렁이라 할까
끊임없이 생수 솟구치는 둠벙
둠벙에 깊이 잠겨 사는
주먹만 한 우렁이라 할까

세상에서 가장 순박하고 억센
총각이 짓는 논을 골라
풍년 나락이 넘실대는 논고랑을 기어나와
"이 농사 거두어 누구랑 먹고 살지" 하는
총각의 혼잣말에 응수한
목소리 해맑은 우렁이라고나 할까
총각이 주머니에 넣어다가
부엌 물동이에 담가 두었더니
살며시 밥 짓고 바느질한
우렁에서 나온 색시라 할까

어느 날 들에 밥고리 이고 나갔다가
너무 예쁜 죄로 원님에게 들켜
우렁색시는 원님의 첩이 되었지만
이미 농사꾼의 씨를 받아 아이를 낳으니
그 아이가 나의 선조라 할까

내 시 또한 최치원에게서
혹은 그를 추종한 천 년 문학전통에서
별로 배운 바 없으니
내 시의 뿌리도 차라리 우렁색시라 할까
언제부터인지는 알 수 없지만
입에서 입으로 끈덕지게 전해 내려와
어린 날 누님의 목소리로 내 귀에까지 들어온
우렁색시 이야기 같은 것이라 할까.

옥녀봉

광주 변두리 옥녀봉 산정에는
옥녀의 베틀에 이끼가 푸르고
이리저리 찍힌 아기장사 발자국에
빗물이 고여 넘친다
옥녀봉은 비에 젖어 피 흘린다
아기장사 모자가 함께 피 흘린다

임진왜란으로 명나라 군대가 지나갈 때
아기장사는 바위를 굴려 징검다리를 놓았고
그 힘에 탄복한 명나라 대장은
조선에 이미 태어난 영웅과
앞으로 태어날 영웅의 모태를
함께 죽였다 한다
그리하여 옥녀봉의 황토는 유난히 붉고
오늘은 비에 젖어 피 흘린다

영웅을 기다리던 시대는 지나가고
광주는 도시가 되고
옥녀봉 산자락에 벽돌공장이 들어섰다
일제말 여기에서 황토를 반죽하고
이글이글 불꽃 속에 벽돌을 구우며
가명으로 숨죽이던

투철한 변증법주의자 박헌영은
기다리던 해방 맞이해 고작 십 년 만에
아기장사의 운명 속으로 함몰하였다.

참새

가로수를 따라 걷는 귀가길
재잘거리는 새소리에 발을 멈춘다
유난히 무성한 플라타나스
칙칙한 이파리 사이로 참새떼가
가지를 퉁기듯이 옮겨다니며
잠자리를 고르고 있다

플라타나스 가지 사이로
전선이 지나가고 전화선이 지나가고
수많은 차량이 질주하는 거리에는
매연이 자욱한 황혼
차츰 불을 켜는 시내버스의 차창에
귀가하는 서민들의 얼굴이 빽빽하다
나는 그들의 방구석을 들여다보듯이
플라타나스를 쳐다본다.
그리고 오늘 저녁 참새들의 임시 잠자리가
지극히 정겹고, 참새라는 새가
황홀하게 아름다워 보이는 것이다

어둠은 매연을 삼키고
질주하는 차소리가 새소리를 삼키니
이제 새들은 잠이 든 모양이다.

곽재구

콩쿨대회
정경화
양복임梁福任
은행나무
수수팥떡
송지장터
얼음장 아래 고인 연분홍 눈물
곰솔나무 아래
콩나물로 쓴 시 1
콩나물로 쓴 시 2
콩나물로 쓴 시 3
지평선

콩굴대회

가마니 베니어 게딱지 엮은
가설무대 위 중력 밀가루 라면 상자
고무신 몇 켤레 올려놓고
우리 못난 놈끼리 모여 그리운 못난 노래 부른다
고복수 이미자 더러는 한물 간 트위스트도 나오고
수 틀린 한 시절 서러운 상것들이 모여
언제 올지 모르는 뜨거운 한세상 앙콜을 한다
웃지 마라 쩔룩대며 가슴을 쥐어짜는
짐승 같은 우리들의 핏속에도 꽃피울 언덕이 있다
봇물 같은 그리움, 아니 그보다는
더 지글지글 피어나는 첫사랑 같은
아아 너희들은 얼굴 한 번 이름 한 번
불러 본 일이 없는 첫사랑 같은 끓는 그리움
밤새도록, 별이 떨어져 옷깃을 적시도록 부른다
아우야 꼽사등 더 꾸부려라
형님이요 장타령 늘어지게 들어오소
상으로 탄 고무신 한 짝 중천을 떠가는데
어디로 몰려가는지
깃발처럼 풀밭을 쓸고 가는
저 슬프고 맑은 농투사니 한 마리 두 마리 세 마리……

정경화

홍시꽃 핀 가을날
너는 왔다 찬란하게
일곱 번 여덟 번 끊임없이 앙콜을 받으며
쏟아지는 꽃다발과 찬사와 키스를 받으며

나락이 익고 추수가 끝나고
형식뿐인 추곡 수매장 앞에서
스피커를 통해 울려 나오는 너의
연주실황을 들었다 아름답고 쓸쓸하게

불어오는 바람 깊고 푸르며
수면 위를 통통 튀어오르는 햇살
아름다움은 실상 한 대에 몇 억인지 모른다는
너의 악기의 화사한 울음소리만은 아닌 것
그리움 또한 8에이커의 연못이 딸린
뉴욕의 너의 별장에서 불어오는 금빛 묻은
바람 소리만은 아닌 것 그 정원에서
맨발인 채 독주를 하는 너의 모습만은 아닌 것

홍시꽃이 피고 나락이 익고
너를 위해 나락을 바친 이웃들은 속절없이 앙콜을 하고
싫은 내색 없이 아무런 그리움 없이 그는 갔다

추곡 수매장 가득 붉게 물든 감잎 떨어지던 날.

양복임梁福任
—남편 김춘헌金春憲의 노래

빈 리어카에 설익은 복숭아 몇 개를 싣고
별 뜨는 창신동 고갯길을 넘어가더니
여보 오늘은 아이들의 저녁상에 오를
좁쌀 됫박과 염고등어나 몇 마리 사오겠어요
바람 빠진 리어카에 하루분의 새 공기를 넣을 적
그을려 패인 얼굴에 언제나처럼 덤덤히 말하더니
여보 새벽별 깜박 조는 우리들의 귀가길
피곤에 전 당신의 손아귀 허름한 지폐 몇 장 대신
오늘은 청천벽력 저승에 갈 노자 몇 푼 쥐었구료
여름 일사병 겨울 동상에도 꿋꿋하게
시시껄렁한 단속 아전 쫓길 때도 싫은 내색 없더니
당신 얼굴 어디에 저승꽃이 피었었단 말이요
모진 목숨 단속 포교 밀쳤다고 미친 것이 웬말이요
평생 구경한 일 없는 양병원 침대귀
치마끈에 질끈 멘 당신 목숨 웬말이요
불쌍하오 옷깃 잡고 몇 번 흔들어도 미쳐 죽는
서울 상놈 불쌍하오 여보 당신 죽어 고향 강에
한 줌 물부리로 흐르거든 죽지 못해 사는 우리 식구
함께 잠든 뫼자리나 보아두오.

은행나무

너의 노오란 우산깃 아래 서 있으면
아름다움이 세상을 덮으리라던
늙은 러시아 문호의 눈망울이 생각난다
맑은 바람결에 너는 짐짓
네 빛나는 눈썹 두어 개를 떨구기도 하고
누군가 깊게 사랑해 온 사람들을 위해
보도 위에 아름다운 연서를 쓰기도 한다
신비로워라 잎사귀마다 적힌
누군가의 옛 추억들 읽어가고 있노라면
사랑은 우리들의 가슴마저 금빛 추억의 물이 들게 한다
아무도 이 거리에서 다시 절망을 노래할 수 없다
벗은 가지 위 위태하게 곡예를 하는 도롱이집 몇 개
때로는 세상을 잘못 읽은 누군가가
자기 몫의 도롱이집을 가지 끝에 걸고
다시 이 땅 위에 불법으로 들어선다 해도
수천만 황인족의 얼굴 같은 너의
노오란 우산깃 아래 서 있으면
희망 또한 불타는 형상으로 우리 가슴에 적힐 것이다.

수수팥떡

수수팥떡 두 개
비닐봉지에 묶여
백동전 한 닢에 팔렸네
수숫모감 눈물 그렁그렁 여물던 나날들
함부로 꺾이고 밟혀 묵사발이 되었네
플로리다산 양밀가루 범벅치고
식용색소 삭카린 나트륨 질금질금 흘려넣고
이따금 쭉바리 와리바시 조각 이빨 새에 걸리는
더럽고 못생긴 부끄러운 기계떡이 되었네
옛 고구려적 향기로운 가을바람
북만주벌 휩쓸던 맑은 햇살 잊혀지고
가슴으로 밀려오는 수수벌판 지울 수 없네
시장 복판 빛나는 성처럼
수입상품을 쌓아논 가게들은 영화롭고
반 평 구멍가게마저 창씨개명된 저자거리
국적을 알 수 없는 사람들이 승용차를 몰고 와서
빛나는 굴욕의 하사품을 실어가고
쌀봉지를 든 노오란 사람들 몇 서성이는 곳
백동전 한 닢에 허기를 지우려는 사람들 틈 속에서
배고픈 내가 집어든 수수팥떡 한 개
아니야 이 맛이 아니야
달짝지근하고 노릿노릿한 이 맛이 아니야.

송지장터

코카콜라 한 병
압구정동 현대 아파트
7동 몇 호실로 배달되더니
코카콜라 한 병
유서 깊은 경주 박물관
노천 석불 이마 위에 함부로 뒹굴더니
코카콜라 한 병
헬스크럽 나서는 사모님
승용차에 정중히 모셔지더니
코카콜라 한 병
국군장병 위문품 속에
쪼코렡 캔디 말끔하게 포장되더니
어느 날은 야간 작업을 하는
구로공단 통일합섬 여공들의 졸린 눈을
억지로 띄우더니
코카콜라 한 병 해남군 송지 장터
장꾼들 황홀하게 꼬드기더니
어허 톡 쏘고 달짝지근한 게 참말 별미인디
쌀 한 되 돈사 얼싸하게 털어 넣은
뱃속의 코카콜라 춤을 추는 파장.

얼음장 아래 고인 연분홍 눈물

얼음장 아래
연분홍 꽃눈물 고였네
떠나가 오지 않는 친구야
맑은 자갈 세모래 틈새
배 터진 송사리 한 마리 얼어 죽고
강변 자운영 꽃밭은 시들었네
목소리 카랑했던 친구야
이 세상 제일 고운 오월 꽃굴헝 속
자운영 꽃잎만 한 목비 하나 떨구었네
가만히 귀 대고 들어보면
아직은 누군가 살아 있는지
배 터진 송사리 얼음장 아래
맑은 슬픔 단풍잎 하나 둘 셋.

곰솔나무 아래

곰솔나무 아래
반도 가시내 사랑 있었네
맑은 햇살
솔잎 사이로 스며 나와
반도 가시내 사랑 빛났네
물 오른 산천 지심매고
돌아온 봄바람 모르리
겉보리꽃 꽃잎 날려
색동이슬 맺히어도 모르리
흘러내린 햇살
솔잎 하나 입술에 물고
곰솔나무 아래
반도 가시내 사랑 있었네
배추꽃 연지꽃 풋내
한 소쿠리 옷고름에 감춰두고
어기야 우리 사랑
곰솔나무 아래
떠날 줄 몰랐네.

콩나물로 쓴 시 1

누이가 세멘트 포장지에 받아오는 콩나물은
펼쳐 보면 머리는 머리대로 뿌리는 뿌리대로
얼마나 오래 우리가 착한 시민이 되어
가지런한 기도와 가지런한 사랑과 가지런한 기다림을
배워야 하는지 역설의 몸짓으로 가르쳐 준다
그런 날 밤에 나는 시 같은 걸 쓴다
찢어진 편지 봉투 뒷면 같은 데
내가 꼬박꼬박 힘을 주어가며 박은 글자들은
그러나 그것들이 가장 깨끗한 기도와 사랑과
기다림으로 무장되었을 때
우리들이 한 줌 콩나물의 몸짓으로
세멘트 포장지에 눕는 것을 거부한다.

콩나물로 쓴 시 2

누이는 젓가락으로 콩나물 몇 알을 들기 전에 기도를 한다
누이가 무릎을 맞댄 채 잠시 눈을 감는 그 경건한 시간 동안
우리는 함께 경건해지며 식구들의 가슴마다
켜지기 시작하는 촛불 같은 것을 본다.
그런 날 밤에 우리들의 밥상은 말없이 뜨거워진다
더러는 하루의 노동을 이야기하고 이웃의 깊은 슬픔과
발목이 덮일 만큼 따뜻하게 내린 첫눈 이야기를 한다
그런 날 밤 나는 이 세상에서 시가 더더욱 부질없는 존재임을
새로이 믿는다 이웃들의 불켜진 창에 두툼한 솜옷을 입히는 송이눈
우리들의 가슴에 적히고 또 적히는 새하얀 시.

콩나물로 쓴 시 3

구멍가게에서 누이가 콩나물 백 원어치를
사고 있는 동안 첫눈은 만 원어치쯤 온다
미안하다 어째서 아름다운 첫눈조차 돈값으로 따지려 했는지
누이가 내 생각을 안하면 한숨을 쉴 것이다
어쭙잖은 시를 쓴다고 수선을 피운 뒤로 친구들이 멀어져 갔다
볼 일 없는 신문이나 잡지 귀퉁이에 허름하게 적힌
말들의 허울이 착한 거리감을 주어서가 아닐 것이다
미친 여자가 하나 양동 시장 쪽에서 치마를 내린 채 걸어온다
장꾼들이 모조리 길 양쪽으로 벌어지고 피할 것이냐 너마저
겨울 가지 위 이름도 모르는 새가 한 마리 가슴 속으로 날아왔다.

지평선

날마다 당신을 기다리는 사람들이 해지는 서쪽으로 떠났습니다 당신을 기다리는 기쁨 하나로 지팡이와 함께 휘어진 사람들의 물결이 늙은 산과 바다와 마른 강바닥을 채웠습니다 깊은 어둠과 겨울이 오고 당신을 위해 마주 잡은 손바닥과 두 무릎이 바람에 쓸려 하늘의 별이 되거나 땅의 푸석한 잎이 되었습니다 아무도 당신을 위해 바친 길고 어두운 날들을 탓하지 않았습니다 당신을 위해 바친 고독한 혼들의 이름이 수천 수만의 꽃송이로 들을 채웠습니다 더러는 바람이 되고 더러는 구름이 되고 더러는 그냥 뒹구는 뼈다귀가 되어서도 당신을 기다리는 기쁨 하나로 붉어 오는 서녘 하늘을 보았습니다 거역할 수 없는 불개미떼의 돌진처럼 끝내는 누군가 그 황혼에 이르던 날.

이영진。

눈내리는 밤
봄비를 기다리며
우리 함께 가는 길이
서울의 밤 십자가는
풋보리가 익을 때까지
국립 서울대학
전공 정상길의 일기 1
전공 정상길의 일기 2
전공 정상길의 일기 3

눈내리는 밤

눈내리고 소리 없는 밤
목숨을 걸고 살아야겠다는 말만은 말아야겠다
바퀴벌레처럼 숨어서 사랑을 나누는
우리들의 처마 밑, 독한 연탄가스는 새어나가고
모두들 웅크린 밥상가, 그 침침한 형광등 불빛 아래서
메마른 침묵과 해어진 비니루 장판 아래서
다시는 오만하게 목숨을 걸겠다는
말만은 말아야겠다.
그 누구의 발자국도 남지 않는
이 눈내리는 밤
달걀 부침 한 장으로도
따수운 우리들은 얼마나 사무치고
사무치도록 남루한 혈육들이냐
함부로 슬퍼하지도 눈물을 글썽이지도 말아야 하리
원한과 증오로 콩나물을 씹지는 않아야 하리
우리는 그냥 살고 또 살 것이므로
풀잎이 돋고 꽃이 피듯 바람이 불듯 살아갈 것이므로
살다가 막히면 스스로 터져 꽃이 될 것이므로
막힌 노래 곡절마다 분지르고 분지르며
쉬임 없이 노래할 것이므로
죽으며 살며 피어 있을 것이므로
이제 오만하게 조급하게

목숨을 걸겠다는 말만은 정말 말아야겠다.

봄비를 기다리며

이 겨울 소리 없이 내리는 눈은
정말 평화의 눈일까?
이 눈발 그치고 봄이 오면
기름 같은 봄비가 밭고랑을 적시고
우리들 타는 가슴마다
파란 싹이 터올까
혼불처럼 뜨거운 진달래, 그 붉은 입술
이 봄에는 틀림없이 만날 수 있는 걸까?
이 겨울 얼었던 한강이 풀리고 나면
묶여 갔던 어린 님들 돌아오시면
로마병정처럼 방패와 투구를 쓴 동생들과 우리는
서로 쓰린 눈 부비지 않아도
서로 돌멩이를 던지지 않아도 되는 것일까?

누군가 등 뒤에서
덜컥 덜미를 챌 듯한 불안감은
사라지고
사람들은 신문이나 비상사태의 호외 기사를 보며
어두운 얼굴로 귀가를 서두르지
않아도 되는 것일까?
이 눈발 그치고
기다리고 기다리던 봄비 내리면

교정마다 화사한 개나리들 피어오르고
우리들은 정말 마음놓고
할 말을 해보아도 되는 것일까

겁도 없이
봄꽃은 피어도 되는 것일까.

우리 함께 가는 길이

출감하는 친구 편에 부쳐온 너의 편지를 읽는다.
담뱃갑 은박지에 눌러 쓴 깨알 같은 글씨를
누구에게 들킬 새라 남몰래 읽는다
우리가 잃을 것은 쇠사슬밖에 없다는
너의 편지를
친구 이 무더위에 줄무늬 군복을
멋지게 차려 입은 수박의
그 빨갛고 달콤한 속살에 혀를 박고
시원한 선풍기 바람이나 쐬면서
남북통일을 얘기하는 건
결코 시가 될 수 없다네
그런 기다림은 기다림이 아니라네
두 다리 멀쩡히 서서 바라다보면
아무리 찾아봐도 길이 없지만
이렇게 쓰러져 누워보면
왜 그리 많은 길이 보이는지
그 길로 가는 사람들이
왜 그리도 많은지
친구 쓰러져 보아야만 갈 수 있는 길이 있다네
먹어봐야 오줌밖에 되지 않는
그 수박을 깨어부수게 지금 당장
그곳에서 혀를 빼어버리게

그러나 순진한 친구여 흥분하지는 말게나
증오나 분노는 더 더욱 안되네
증오나 분노의 힘은
오줌 한 번만 누고 나도 곧 잊혀지는 것일세
설혹 잊지 않는다 하더라도
그 증오가 오래가면 자네는 사랑을 잃게 된다네
친구 좁은 방 높은 담장 안에 있으니
남북으로 가는 길이 훤히 보이네
우리들의 오랜 그리움의 길이
우리가 우리끼리 몸을 엮으며 가는 길이 훤히 보이네.

서울의 밤 십자가는

기도는 어디로 흘러가는가
깨어진 소주병과 죽은 쥐가 흘러가는
더러운 중랑천 위로?
어디든, 어느 곳이든 안간힘을 다해
엉겨붙어 살아야 하는
늙은 거머리를 닮은 사내들의 속성과
늦은 퇴근길,
그 흡반 잃은 발바닥 밑으로 간절한
기도는 흘러가 버리고

밤 깊은 서울의 하늘 밑엔
헐벗고 쫓기는 바람들만 끼리끼리
머리를 부딪히며 떠다니고
낮은 지붕, 깨어진 기왓장 위로
붉은 십자가가 떠오른다
봉천동이나 망우리 그 어두운 골목골목마다
붉은 그늘을 드리운 십자가들이
망령의 묘비처럼 떠오른다

굶주리고 외로운 자 더욱 굶주리게
불안하고 소외된 자 더욱 불안하게
십자가들은 높은 곳에 솟아올라 붉게 충혈된 음모의 눈빛으로 가난한 식구들의 기도와 밥그릇을 기웃거린다.
촉낮은 방안의 소리 없는 침묵과 서러운 가슴들을

죄를 팔아 돈을 벌고
돈을 벌어 다시 죄를 만드는 교회들은 알까
고난의 뜨거운 피가
꽃처럼 붉던 옛 십자가를,
선혈이 흐르지 않는 십자가는
왜? 아무런 죄도 사할 수 없는지를

오늘도 청계천 노변이나 거친 산 번지를
묵묵히 오르내리는
이름없는 큰 무리들의 소망이여
기도는 어디로 흘러가는가
가난한 자들의 새벽 하늘은

피흘리며 주린 사람들의 빵이 되고자 했던
충직한 하늘의 종들은 사라지고
쟁쟁한 쇳소리만 언 골목을 깨뜨리는 새벽녘
충혈된 욕망의 눈빛을 번득이는 십자가들이여
이제 그대들의 드높은 죄를 사하도록
이윽고 큰 눈이 오리라.

풋보리가 익을 때까지

보웅아, 어디를 가도 누구를 만나보아도
마음 놓고 가슴을 열 곳은 보이지 않고
사소한 말 한마디도 눈치를 보아야만 하는
이 거리가 죽기보다 싫다는 너에게
아무리 몸부림을 쳐봐도
온몸이 묶여 있는 것만 같은,
신부고 교수고 데모꾼이고 아버지고 지랄이고
모두 기회주의자로만 보인다는 너에게
시는 써서 무엇 하느냐고
푸른 하늘이 답답하고 답답해서
미칠 것만 같다는 너에게
나는 틀렸다고 말했다.
사실은 하나도 틀림이 없는 너의 말에 대해
나는 사랑을, 신념을 가지라고
스스로의 일을 가지라고
막연하게 힘없는 말을 지껄이고 있었다.
부끄러움은 목밑까지 치밀어 올랐지만
사는 일의 이 끝없는 아픔이
사랑이 될 때까지는
우리에겐 아직 버려야 할 것이 너무나 많으므로
너의 순정은 너무나 깨끗하고 거칠고 소중했으므로
나는 네가 틀렸다고 말했다.

별빛 뜨는 보리밭
그 언 풋보리가 익을 때까지
우리는 이 크나큰 겨울을
오래 오래 사랑해야 하므로
나는 네가 틀렸다고 말했다.

국립 서울대학

너희들의 거대한 담장 안을 들여다보면 몬도가네 영화보다 더 기기묘묘하다. 검사와 데모꾼 장관과 정치범 형사와 교수 가짜와 진짜 주류와 비주류 민주의 꿈과 독재의 꿈 이데올로기와 이데올로기 꽃과 칼 남과 북……울타리 안에 있는 놈, 울타리 밖에 있는 놈, 오기로 아무것도 아닌 놈, 정의의 씨앗을 가진 놈, 불의의 씨앗을 가진 놈, 사람 위에 사람 모두 모두 잘나고 똑똑해서 저희들만 옳고 옳은 놈들, 학맥, 지맥, 금맥, 관맥, 맥맥맥……선배끼리 후배끼리 선후배끼리 스승과 제자끼리 동기와 동기끼리 끼리끼리 얽히고 설크러져 만수산 드렁칡으로 놀아나는 곳

뿌리 깊은 나무 바람에 아니 뮐새……이 나라 구석구석 질 좋은 땅을 골라 적당적당히 뿌리내리기 썩은 동량이 되기 끼리끼리 영생토록 튼튼하기. 모두가 빛나는 훈장과 투쟁의 추억을 자랑삼아 높이뛰기를 연습하는 곳 파벌과 당파를 만드는 곳 백가지의 부정과 반개의 진실이 몸부림치는 곳

그러나 잊지 말아라

너의 옛 이름은 경성제국대학이었다. 너희들 중 의인들을 병영으로 감옥으로 죽음으로 간척지로 공단으로 떠나가 쉽사리 돌아오지 못하고 결코 돌아오지 아니하고 그 옛날 자랑스럽던 너희들의 아크로폴리스엔 가시장미만 가득 피어 요염할 뿐 이제 선배는 후배에게 수갑을 내어밀고 후배는 선배에게 돌을 던지고 있느니 서로가 서로에게 붉은 벽이 되어가고 있느니 이

나라의 모든 철조망은 모두 너희 안에 있느니

결코 잊어서는 안 된다

너의 옛 이름은 경성제국대학, 그 빛나던 식민의 꽃이었음을.

전공 정상길의 일기 1

비를 맞으며
매끄럽게 솟아오르는 전신주여
젖은 전신주를 기어오르는 나는
본래 순하고 순한 사람
힘없고 빽없어 순할 수밖에 없는 사람
누가 내 발바닥에 쇠못을 박아 놓았을까
사람답게 사는 일이 아득해
기어오르고 또 오를 뿐
아무것도 모른 채 굴뚝보다 더 높이
교회 지붕보다 더 높이
하늘 가까이 기어오를 뿐
내 허기진 꿈과 가난의 가파른 기둥을 기어오를 뿐
나는 정말 아무것도 아지 못했다.
지난여름 용석이가 까맣게 타죽은 고압선
그 검은 죽음의 그물 위를
식은땀을 흘리며 넘나들 뿐
오직 두려움과 떨리는 발바닥밖에는
난 결코 파업이 어떤 것인지 아지 못했다.

전공 정상길의 일기 2

전신주여 솟아올라라
무안군 일로면 황토 위에 비는 내리고
우리는 구두밑창에 엉겨 붙는
붉은 흙덩이를 떼어내며 기어오르고
두 달 보름이 지나도록
간조날은 오지 않았다
두만강 푸른 물에, 슬픈 젓가락만 빈 채로 오가는
월급날, 나는 정류장 옆 국밥집에 모인
떠돌이 전공들과 함께
오랫동안 우리의 발목을 죄어놓던
발꿈치의 쇠못을 빼어버렸다.
오기와 배짱 위에 꽝꽝 박혀 있던
쇠못을 시원하게 뽑아버렸다
다시는 작업화를 신지 않기로 했다
그것만이 우리가 할 수 있는
유일한 길이었다.

전공 정상길의 일기 3

사장 박씨의 돈갈퀴와 주먹은
끝내 완강했고
겁많고 착한 더벅머리 친구들은
민들레 꽃씨처럼 어디론가 흩어져 갔다.
나는 어느새 순천 교도소 작은 방 빵기통 곁에
누워 있었다. 질나쁜 폭력범에
불순한 파업 주동자가 되어 있었다.
작은 방 창살 밖으로
내 무심한 목숨 줄기처럼 비는 내리고
갇힌 몸이 되어서야 비로소 알게 되었다.
우리가 빼내버린 쇠붙이가 무엇인지
우리끼리 여윈 등을 마주대며
사는 길이 무엇인지를
오늘도 어디선가 칼잠을 자고 있을
순한 친구들아
싸구려 테이프를 틀어 놓고
흥도 나고 목도 메일 친구들아
언제고 성냥불 하나만 그어대면
확 타올라서 하나가 되던
우리들의 꿈
죽도록 사는 지극히 당연한 꿈 하나를
작은 방 똥통 곁에 누워서 깨닫고 있다.

김진경

돌
법法
한강漢江
한국사
이〔虱〕
지문指紋
E.T
총구銃口
장난감 왕국
김교신

돌

대학 교문을 나서는 날
우리가 던진 돌들이 우리의 뒤통수를 향해 날아올 거라고
말했을 때 너는 끝내 머리를 흔들었다.
교문을 나서는 날도 껄껄거리며 너는 머리를 흔들었고.

십 년이 지나도록 나는
뒤통수가 근지러워 우물쭈물 망설이며
망설임과 근지러움이 유일한 무기인 양
시원찮은 몇 편의 시를 쓰고 있었다.
그러던 어느 날 너는 문득 찾아왔고
당당해진 네 풍채 앞에서
나는 괜히 주눅이 든 채 취하지 않는 술을 마셨다
몇 마디 옛날의 기억들이 들춰졌고

너는 호탕하게 껄껄거리고
일어설 때에 너는 그럴 만한 명함을 내밀며
넌지시 말했다.
앞으로는 글 쓰는 데 조심하라고

그 말까지 너의 웃음에 삼키워져
껄껄껄껄 골목을 흔들었고
갑자기 시작된 두통 때문에 나는

네 뒤통수를 향해 돌을 던질 수도 없었고
우리들이 던졌던 돌에 대해 말할 수도 없었다.

법法

친애하는 예비 범법자 여러분
법무관은 말했다
양철 콘세트 강당의 지붕은 달아올랐고
우리들은 우리들이 드디어 법을 어기는 날
받게 될 처벌에 대해
무관심한 채 졸고 있었다.

친애하는 예비 범법자 여러분
법무관은 말했다
당신들은 어디서고 체포될 수 있습니다
시멘트 바닥에 못이 박힌 궁둥이를 들썩이며
예비 범법자로 남기 위해 소지해야 할
증명서들을 우리는 잊고 있었다.

그러므로 꿈속에서 우리들은 선고받아 마땅하고 있었다.
끝없이 계속되는 증명서 제출요구
우리들은 변명처럼 계속되는 증명서를 꺼내는 데 지쳐
개가 되고 싶었고 휴식시간마다
땅바닥에 코를 박고 잤다.

친애하는 예비 범법자 여러분
법무관은 말했다

인간에게는 양면이 있습니다
개가 되고 싶은 측면과 명예로운 군인이고 싶은 측면이
우리는 여러분이 개가 되지 않도록 돕고 싶습니다
예비적 군인이 아닌 군인으로 완성하고 싶습니다

그리하여 우리들의 도시에서는
개가 되고 싶은 우리들에 대한 가상공격이 있었고
헬리콥터의 가상기총소사가 있었고
사람들은 말했다. 남북조 시대의 어느 날
개가 되고 싶은 우리들에 대한 공격 기록이 있노라고.

한강漢江

아침마다 뿌옇게 흐린 차창 밖에서
강은 뒤척이며 깨어나고 있다
털어내지 못한 악몽처럼 흔들리는 물안개 속으로
버드나무 잡초 더미가, 물웅덩이가, 모래 채취선들이
뼈대만 서 있는 다리의 기둥들이
다리를 건너는 사람들의 잡다한 절망처럼 눈을 부비고

죽은 청둥오리가 움직이지 않는 물가에 고개를 처박으면
날개를 퍼덕이며 또 한 마리 또 한 마리
청둥오리들이 죽은 놈 곁에 날아와 앉는다
한강 물을 맑게 하는 일은
우리 근대사를 해독하기만큼 어렵다고, 날개를 퍼덕이는
청둥오리는 속삭인다. 죽은 놈에게

그래도 우리는 이곳에서부터 시작해야 돼
죽은 친구는 탁자에서
핏발 선 눈을 들며 히죽거리듯이 말했다.
꿈일까? 청둥오리들이
한 마리 또 한 마리
절망처럼 고요한 물 위에 내려앉는다.

강의 아침은 조그만 속삭임들로 깨어나고

문득 절망처럼 고요한 물이
하늘에 가까이 닿으려는 듯 날개를 퍼득인다.
죽은 새들이, 죽은 물이, 죽은 풀들이, 죽은 사람들이
조그만 날개로……조그만 날개로……그래도……

한국사

이상하다
그곳에서 누군가 아직도 손을 흔들고 있다.
신채호를 읽는 밤에는
해방 40년에도 아랑곳없이
귀환하지 않은 무엇인가가 고집스레 거기 남아 있는 게 보인다.
아버지의 제삿날
남루한 옷차림으로 들어서며
지금 만주에서 돌아오는 길이라고
껄껄거리던 아버지처럼
어느 날 문득 찾아올 무엇인가가 거기 남아 있는 게 보인다.

지금은 오래 참고 견디는 어머니의 밤
낯선 총칼이 주둔하는 거리마다
찢기운 상처를 덮으며 흘리는 어머니의 눈물이 넘치고
분노는 우리의 가슴 저 밑바닥
귀환하지 않고 있는 북만주 대륙의
차가운 흙 위에 내려선다.

해방 40년에도 아랑곳없이
귀환하지 않고 있는 부계父系의 역사歷史를 본다.
우리의 가슴깊이에서 깊이로

묶이운 사슬을 뒤흔들며 죽음을 단련하는
그리하여 쐐기풀 억새풀 개똥쥐빠귀
이 땅의 질긴 목숨을 찬란하게 피우고 올
무엇인가가 거기 손을 흔들고 있다.

이〔虱〕

난리가 나려면 이가 들끓는다더라
말씀하시는 어머니 곁에서
나는 혹시 조카녀석에게 오른 것이 아닌가
옷을 벗어 검사한다
온몸이 근지럽기 시작한 것이
이 때문이 아닌 줄은 뻔히 알면서도
나는 구태여 그놈에게 누명을 씌우려 한다

기실 내 몸이 근지럽기 시작한 것은
몹시 피곤한 어느 날
아내와 딸년과 사람들이 나를 파먹는 벌레처럼 보이고부터이다.
나는 열심히 이를 찾는다.
아직은 아니라는 듯이
아직은 사람이 사람에게 벌레가 되어
서로의 몸을 스멀스멀 기어 다닐 정도는 아니라는 듯이

하지만 나는 나오지 않는 이를 찾기에 지치고
어머니는 또 말씀하신다
난리가 나려면 이가 들끓는다더라.
그래요 어머니, 이제 바뀌어져야 돼요
사람이 사람에게 벌레인 이것은 무너뜨려야 해요.

그러나 어머니는 가엾어 하는 눈빛으로 나를 보시고 또 말씀하신다.

우리가 하지 않아도 하느님이 다 알아서 하신다.

어머니의 말세론 뒤엔

신혼 시절 처음 교회에 다녔다는 북만주의 삭막한 바람이 불고

나는 또 늘 그 바람 속에 서서 어머니의 말세론을 부정한다.

지문指紋

구로동 동사무소에 주민등록을 갱신하러 오는 사람들의 5% 이상이 지문이 찍히지 않는다고, 그들은 대개 구로공단의 공원들로 과도한 노동으로 지문이 닳아 없어진 것이라고, 난롯가에서 잡담을 주고받다가 우리들은 종이 울려 각자 교실로 흩어졌다.

이미 자랑일 것도 새로울 것도 없는 시간과 시간들 명령형으로 가득 찬 교과서를 읽어가며 나는 지문을 닳아 없어지게 하는 기나긴 하역작업을 생각한다. 끝없는 명령의 하역, 이미 나의 말에는 지문이 없다. 그리고 닳아 없어진 지문들이 나르는 명령형 뒤에는 지문을 남기지 않으려는 조심스러운 손들이 장갑을 낀 채 누군가의 입을 틀어막고 있다.

수업이 끝나고 난롯가에 앉아 우리들은 다시 잡담을 한다.

교과서는 우리들의 일하는 조건이라고

이것에 우리들의 의견이 반영되지 않는다면 우리들의 일이 지루할 수밖에 없다고 그때 누군가 낄낄거리며 군대 이야기를 꺼낸다. 항명죄는 전시戰時에 사형이라고!? 우리들은 되살아나려던 지문을 슬며시 벽에 문지른다.

E.T

어릴 때에 나는 검은 타이아표 통고무신을 신은 채
까맣게 그을린 배가 툭 튀어 나와 있었고,
동네 논에 불시착한 헬리콥터에서
쑤알라 거리면서 내리는 미군美軍은
사랑이니 평화니 말하기에는 우주인처럼 생소해서
내 친구의 아버지는 망가진 벼 값을 받을 수 없었다.

군에서 휴가 나왔을 때에 빌리 그레함이 왔고,
여의도엔 300만인가 모였고, 어머니도 그중에 하나였고,
비가 오려고 했으므로 우산을 들고 어머니를 찾으러 갔고
300만은 기도하고 있었다.
사할린, 만주 등등에 있는 동포들을 구원해 주시옵소서

그때 가까이 서울에 있는 동포 중에는
밀린 임금을 받으려 단식하다 떨어져 죽기도 했으므로
나는 사람들이 갑자기 멀리 있는 것을 사랑하기 시작한 데 놀랐고
빌리 그레함은 요란한 소리를 내며
헬리콥터에 올라 여의도를 한 바퀴 돌았고
사람들은 무슨 신음 소리를 냈으므로
나는 그가 대단한 우주인처럼 생각되었다.

그리고 빌리 그레함은 다시 왔다,
이번에는 어릴 때의 나처럼 배를 툭 내밀고
눈에서, 심장에서, 손끝에서 번갈아 불빛을 반짝이며,
광화문에서, 종로에서, 영등포에서
사랑과 평화의 대군단을 이루었다.
더욱 멀리 있는 것을 사랑하라
즉각적이고 무조건적인 사랑과 평화를 우주인에게
그때 서울에서는 모처럼의 봄이 지나갔고
사람들은 고개를 움츠리며 코트 깃을 세웠고
가까이 있는 것들은 무관심 속에
죽어가고 있었다.

총구銃口

다리를 건널 때마다 검문소 위의 광고탑에서 그 여자는 웃고 있다. 주위에는 녹색의 초원이 펼쳐져 있고 드문드문 사과나무가 탐스러운 열매를 달고 있고, 여자는 행복한 표정을 지으며 콜라병을 높이 들고 있다.

그런데 어제 다리를 건너다보니 광고탑 수리를 하느라고 그 여자의 상반신은 뜯겨져 나갔는데, 그 여자의 웃는 입이 있던 자리에 기관총의 총구가 우리의 이마를 겨냥하고 있었고 방위병이 기름걸레로 문지를 때마다 싸늘하게 반사된 햇빛이 발사되고 있었다.

그때부턴가 TV의 화면을 볼 때마다 나는 총구를 느낀다. 웃는 여자의 흰 이빨 뒤 목구멍에서, 한 오백 년 살겠다고 너털웃음을 웃는 유복한 할아버지의 동공 속에서, 철커덕 노리쇠 후퇴, 전진하는 소리가 울리고 사살된 나뭇잎들이 이 땅의 추운 계절로 내려서는 게 보인다.

장난감 왕국

엄마가 사다 준 인형은
머리칼이 모두 금빛이란다
왜 그런지 알겠니 아가야
파란 눈을 깜박이는 인형을 보고
너는 까르르 웃기만 하는구나

할머니가 사다 준 들판에는
침엽수가 울창하게 서 있고
카우보이가 인디언을 감시하며 역을 지킨다.
왜 그런지 알겠니 아가야
혼자서 달리는 기차를 보고
너는 까르르 웃기만 하는구나.

삼촌이 사다 준 탱크에는
U.S.A와 나란히 KOREA의 마크
혼자 움직이다가 요란하게 붉은 빛을 반짝이며
금간 방구들에 포탄을 퍼 붓는다
왜 그런지 아니 아가야
앵앵 달리는 순찰차를 보며
너는 까르르 웃기만 하는구나.

미안하다 아가야

장난감 왕국은

네가 살아서는 안 될 식민植民의 왕국王國

나는 너와 함께 왕국을 떠나

잠자리라도 잡으러 가고 싶다.

너는 내 슬픈 눈을 보며

까르르 웃기만 하는구나.

김교신

왜정 때 이 학교에 있었다는 그에 대해 사람들은 가끔 이야기했다. 그는 괴짜라고, 과학 선생이었던 그는 온 시간 내내 우리나라 역사를 가르쳤고, 시험 볼 때는 과학책 머리말을 보고, 베껴 써라 했고, 우리말 맞춤법을 기준삼아 채점을 했다고 그래서 점수는 학생들마다 달랐다고, 그는 괴짜라고, 지금은 그렇게 하지 않아도 되는 시절이니까 안심한다는 듯 사람들은 말했고, 교무실 난로에서 불꽃은 타고 있었고, 따뜻한 안락함은 늘 말하고 있었다. 어느 시대건 제 먹고 사는 일에 방해가 되는 일을 하는 주제 넘은 놈들은 괴짜라고. 김교신 그는 괴짜라고 불리었고 창 밖에는 몰아닥친 추위가 윙윙 거렸고, 그가 괴짜라고 불리는 동안 그의 시대를 감쌌던 추위는 계속될 것이고, 불 앞에 설 수 있는 사람들의 대부분은 그를 괴짜라고 부를 것이었다.

나해철 ○

투계
단식
영산포 9
강
시여 나의 시여
포도가 익을 무렵
한데를 바라보며
광주천 2
광주천 3
광주천 4
광주천 5
광주천 6
광주천 7

투계

너는 투구와 갑옷으로
방패와 곤봉으로
중세의 기사처럼 우스꽝스럽게 서 있구나
동생아
그대로 장난감 병정처럼 서 있어다오
누가 네 팔목에 잔인의 고춧가루를 뿌리더라도
납처럼 있어다오
우리 형제니까 미워하지 않으니까.
싸움닭으로 거리와 광장에서
몇 평 닭장에서 푸드덕거리지만
우리는 아프다
털 뽑히는 싸움보다는 어울려 노래하고 싶다
가슴에 안기어
새와 바람의 자유, 햇빛과 그리움
따뜻한 사랑에 젖고 싶다.
깨어지고 우리는 싸운다
매서운 할퀌과 쪼임을 준다 참담한
등 뒤의 하늘은 언제나 웃고 있고
쓰러져 쓸리우는 건
진실로 포옹하고 싶은
이 땅의 무성한 무리.
그러므로 그대로 있어다오 가슴은 하나이니까

누가 불칼을 쥐어주더라도

끝까지 우리는 살붙이 형제이니까.

단식

너는 웃고 있었지만
셀 수 없는 우리는 모두 울었다.
죽음으로 네가 말하고자 하는 것을
우리가 알았으므로
너는 침묵의 바다에서도 웃고 있었지만
우리는 알았으므로 베인 가슴으로 울었다.
어머니 혼을 잃고 남루한 너의 누님
기절하여 포대기처럼 업혀져 갔다.
그래도 너는 웃고 있다
재가 떨어져 썩으므로
희망의 풀 몇 포기 돋아나리라 믿고 있으므로.
그러나 우리는 절망했다
스스로 불쌍함 때문에
더 이상 아무도 구원할 수 없으므로.
그러나 우리는 기다리리라
신의 맑고도 무서운 눈동자,
함몰시키나 끝끝내 구원하여 새롭게 할 우리들의 신.
죽어서도 묻히기 어려워
떠다니는 낮과 밤이 흐를수록
우리는 새로운 슬픔을 부르고
더욱 타오르고 뜨거워져 신의 불길
신의 보습과 날이 되겠구나.

죽고 또 죽을수록 모두 깊이깊이 베이고
매서운 서러움으로 녹이고 녹여
우리를 구원하겠구나.
잡초와 억새, 엉겅퀴와 강아지풀
남생이 풀밭만 남는
구원의 날이 곧 오고야 말겠구나.
못견디게 우러나는 사랑으로
마르고 여윈 장작으로
불꽃같은 숨을 내쉬다 이제 평화에 드는
너는 웃고 있지만
슬픈 짐승으로 너와 우리는 모두 울었다
이 땅과 흙, 우리의 새끼들을 위하여
미래와 지난 세월 그리고
그리운 자유를 위하여.

영산포 9

날이 흐리면
나 달지 여기 가오 나 달지 여기 가오
강암 당숙 목소리로 강은 울고,
황혼 무렵 묶이어
공산면 원수골 큰 웅덩이로 가시며 외치던
형님의 음성으로 아버님은
삼십 년 가슴 치는 물결 소리 듣는다.
흰 옷으로 들에 엎드려 계실 때
먹장구름처럼 멀리 사람들이 이리 저리 몰릴 때
유난히 숨죽인 강물소리에
아버님은 동구로 뛰어가셨네.
구장이셨던 형님은 풍산댁
끌려간 아들을 위하여 읍내로 가시고
하늘엔 가득한 거센 바람,
쇠붙이 화약 냄새, 흉흉한 소식.
사람 좋고 글 잘하고 일 잘하고
존경받던 형님은 오시지 않고
신음처럼 소리하며 뒤척이던 영산강.
트럭에 태워져 흙구덩이로 가실 때
나서 자라 삽질하던 새끼네를 지나시며
나 달지 여기 가오 나 달지 여기 가오
강물은 삼십 년 물소리로 흐르고

아버님이 듣는
가슴 치는 강울음.

강

—신동엽에게

강물이 흐른다
살덩이 가슴으로 먹장 하늘로
몽고고원 만주평야 넘어오면서
당겼던 모닥불 곁으로
찬 손을 덥히는
한 깡통 쏘시개불 곁으로
침묵으로 흐른다
오늘 밤엔 썩지 않고 떠오르는
아름다운 육체가 슬퍼서
강물 곁을 떠날 수 없다
하늘 뚫는 큰 소리
백두산 대호 소리
그리워 잠들 수 없다
굳게 움켜쥔 한 줌 황토여
너에게 이 사랑을 주면
붉고 뜨거운 꽃 한 송이 피우겠느냐
오래인 배고픔을 달랠
한 그루 튼튼한 과실나무를 기르겠느냐
떠도는 야산과 들판의 높새바람이여
너에게 이 가슴을 주면
향기로운 새벽빛이 되겠느냐
동해를 깨치며 달려 오는

기쁜 한 소식이 되겠느냐
사랑하는 사람들을 위하여
언제나 거기 있는 강이여
보고 싶은 그 모습 몸을 던져 껴안을 수 있게
넉넉히 흐르는 듯 멈추인 물이여
가슴이 타며 일어서는 그리움으로
강물 속을 걸었던
한 사람 등이 다 사라지기도 전에
또 한 사람 한 곡조 어여쁜 노래 부르며
강물에 들어서는구나
오천 년 변함없는 한 물살이 되어
사랑하는 사람들을 언제고 팔 벌려 반겨 부르는구나

시여 나의 시여

따뜻한 방에서
밝은 불을 켜고 고대사를 읽거나
시를 생각하거나
아이들과 아내의 얼굴을 잔잔히 웃으며 바라볼 때
누이여 그대는 쇠약해진 핏줄을 타고 내리는 무쇠직기
곁에서
날을 새며 영혼은
갈대처럼 쓰러졌다 다시 일어서느냐.
동생아 너는 김밥을 팔며
찬 바람 터질 듯 가득한 골목길을
바늘처럼 몸을 세운 채 쓰러지지 않기 위해
달리고 외치느냐.
이런 밤이면
행복한 내 손을 자르고 싶다
형제여, 북에 떨군 핏덩이 자식을 만나려
이 밤도 웅크리며 꿈에 드는 합숙소의 살붙이여
비겁한 내 뒷모습을 도려내고 싶다.
언제나 하나이고 싶은 그리움은
산불처럼 타오르나
단숨에 달려가 안기고 살을 섞지 못하는
나를 버리고 싶다.
형제여

이런 밤에 쓰는 나의 시가
그대의 노래가 될 수 있느냐. 그대의 새벽이 될 수 있느냐.
시여 나의 시여.

포도가 익을 무렵

포도가 익을 무렵
영산강변 나주군 금천면
바람은 달다.
고향의 황토 땅은 침묵으로
곡식과 과목을 기르고
단 열매를 맺게 한다.
고향 사람들은 고요하게 엎드려
흙을 일구고 흙과 이야기할 뿐
무엇을 향해서도 좀처럼
소리내지 않는다.
아우성보다도 크고 경전보다 진지한
고향의 흙과 사람들의 역사.
역사의 짐을 졌다 소리치는 그 누구도
이룩하지 못하는
바람을 달게 하는 일.
고향 들판에 서면
묵묵히 이어지는 아름답고 거대한 행진이 생각나고
그 소리 없는 땀과 눈물의 산 끝에 올
언제나 바람이 달 날들의 시작이 떠올라
북촌 남촌 갱도와 다락방 어디곤
먼지와 유황의 바람조차 시원할 날들의 새벽이 그리워
고요히 흙에 엎드려 무너진다.

한데를 바라보며

너를 만나고 싶다
그래 한 점 불씨를 던지면
일어서는 불꽃이 산하를 덮는
뜨거운 날이 왔으면 좋겠다
오래 헤어진 너와
대륙에서 불어오는 찬바람으로
터진 등가죽인 너와
바다바람 소금기에 가슴 아린 나와
쓰라린 것들인 우리가
만나 껴안고 살을 섞고 싶다
만나면 풀어질 천년 한스러움 위에
끝까지 치솟는 그리움의 생수 위에
쐐기처럼 폐유처럼 떠도는
답답한 것들을 걷어내고
지금 너를 만나고 싶다
푸른 하늘 맑은 바람 속에
지금 너를 만나고 싶다.

광주천 2

우기에도 물은 넘치지 않았고
집과 아이들을 쓸어가지 않았다
아무것도 다치지 않았다
희망의 기름을 부은 채
횃불로 열을 지어 어둠을 밝혔을 뿐
범람하지 않았다
곰할머니적
꽃더미 휘날리며 신시가 열리던 때처럼
큰 새벽이었으므로
물도 하늘도 깨끗해져 있었고
늑대와 승냥이 고슴도치 무엇이든
껴안을 수 있었다

물아
장마에도 거칠어지지 않는
너처럼 묵묵히 흐를 수 있었다면
새순처럼 새롭게 아세아의 한 끝에서 동튼 새벽은
바다 너머 칠흑의 반도와 섬들
대륙의 메마른 황지와 슬픈 골짜기마다를
눈부시게 눈물겹게 비추었으리라.
뜨거운 눈시울이었을 뿐
껴안고 노래하며

시가와 광장을 물결되어 흘렀을 뿐
천년 그리움의 향그러운 새벽을 위하여
설레는 가슴으로 불당겨 축제를 이루었을 뿐
아무것도 바스라뜨려 꽃이 되게 하지는 않았다

광주천 3

봄날이었지
소식은 오고 잔치처럼 새벽은 열렸지
당신의 흰 살에서 아이는 배냇질을 하고
들을 지나 강물을 건너
우리는 달디 단 바람 속을 가고 있었지
흙은 부드러워
덥석덥석 어디에도 안길 봄사랑이었지

마을 위한 당산굿, 모두 모두 대동굿
불 밝혀 한바탕 소리하던 굿판 광장,
지신 밟기 마당 밟기 나팔 영기 호적 상쇠
잘되라고 꼭꼭 밟고
신명 나서 덩실거리던 그 길 그 모퉁이,
오 미어지는 가슴을 어쩔거나 아내여
공지마다 무너진 흙담처럼 주저앉은 사람들
하늘을 보았더냐 깨진 넋을 보았더냐
하나되어 꿈인 첫사랑, 내 사랑아
눈물로 기도할 때
희망과 새벽의 노래를 부를 때
살붙이 우리가 누구를 미워했더냐
형제를 치고자 했더냐

목놓아 그리워한 것, 백두에서 한라
어리는 맑은 햇빛 자유로이 부는 바람
포옹과 화해가 숨쉬는 나라.
아내여 보았느냐
그대 살 속 아이와 우리가 마셨던
사약처럼 독한 어둠을
먹빛으로 멈추어 선 듯 흐르던 물줄기,
그리고 오늘 아내여 태어난
우리들 자식의 새벽빛 얼굴

광주천 4

길 위에
물 위에 떨어지는 것들은 꽃
세기가 동틀 무렵 아세아의 한 끝에서
백성들이 마냥 섭섭해 울었던 모란
시인 영랑은 알았을까
꽃이 지는데,
햇살에도 부끄럽고
보드라운 바람에도 덴 듯이 아프고
가슴엔 사약의 강이 소리내어 흐르는
봄이 오고 또 오리라는 것을.
길 위에 아름다운 붉고 따뜻한 것
물 위에 떠오르는 뜨거운 외침,
에인 바람은 불고 양떼 되어 이리저리 허덕일 때
철쭉꽃 담장 너머
양철지붕 그늘 아래 몸을 숨겨도
하늘은 가릴 수 없어
들어오르는 슬픔은 활화산 같아
거리에 서면,
한 덩이 되어 흐느끼며 노래부르면,
밀려드는 의로움. 살붙이 그 차디 찬 손.
사위어 물에 젖는 모란꽃 송이송이.

광주천 5

꿈을 꾸었네 물결에서
내 친구 내 형제 그는
짐승의 혼을 쓰고
분질렀네
고요의 봄밤과 대낮,
크고 오래인 우리들 사랑조차 깨뜨렸네
팔순의 할아버지와 아버지
어린 딸이 흐느꼈네
넋이 가면 오기 어려워
다시 오기 어려워
눈물의 소금기와 뜨거운 가슴으로
한 덩이 되어 잠재우려 했네
딸도 넘어지고 할아버지 부서졌네
꿈 속에서 우리는 울었네 몸을 던졌네.
형제여
부끄러운 하늘 아래 무엇을 할 수 있었겠는가
그리운 것들의 이름을 외쳐 부르며
평화의 들길에 풀냄새와 더불어 걷기 위하여
억년 별빛에 목숨을 띄워
별들 별들 별들이 되는 것외에 무엇을 할 수 있었겠는가
꿈이 있었네,
물결에서 흐르기를 멈춘 내 형제

짐승의 혼을 쓰고 무섭고도 슬픈 얼굴이었네

광주천 6

물가에 터를 잡고
모래무지와 가물치 들어내어
귀리 보리 삶아 그들은 그들끼리
촌장과 부촌장을 뽑고
그렇게 살고 있었던 것일까
풀은 푸르게 엉겨 자라고
언제나처럼 산은 또 그렇게
어머니 가슴으로 굽어안고 있었던 것일까

버려진 뾰족구두와 곰인형
벽돌담과 천변의 버드나무는 보았을 거야
강가에 온돌 놓고 옹기 굽던 따스한 손길과
산맥과 평원을 건너 반도에 이르렀던
몇 천 년 뜨거운 숨결이
눈꽃처럼 떨어져 식는 것을
거친 노동과 전쟁 속에서도
일어서 부르던 노래와 춤사위
숨죽인 흐느낌의 물소리로 흐르던 것을

그러나 물이여
마셔서 살이 되어 번성케 한 이 땅의 젖이여
내려진 덧문과 헤진 책가방 곁에서도

초롱하던 아이들의 눈망울과,

가슴에 고인 쓰라린 사랑 무릎꿇고 기도하며

흙에 심던 사람들, 굳건한 새벽을 보았느냐

끝끝내 해뜨는 쪽을 향하여

설원과 황사바람의 대륙을 건너던

할아버지적 우리들 힘줄을 보았느냐

흐르는 물이 되어 땅과 바다를 적시고

이 별의 어디곤 흘러넘쳐 비옥하게 하는

우리의 큰 꿈을 보았느냐

광주천 7

천변에서
고단한 할머니는 한 방울 물이 되어 흘렀다
흐르는 것들을 위하여 우리는
공원 망월동에 있었고
역사의 묘역에서
자진했다 소문난 친구의 묘비를 보고 형님은
씩씩하고 정의로웠던 친구
이요나를 위하여 소주잔을 준다
아빠 편히 잠든 곳에
우리 마음 함께 있어요
돌비는 흐느끼고
하늘은 푸르다
여보 당신은 천사였소
천국에서 다시 만납시다
젊은 신랑과 단 하나 자식이 세운
돌십자가 곁에서
소리내어 흐르는 강물을 듣는다
할머니가 누우시면
다독이리라
숨죽인 것들의 뼈아픔을 어루만지리라
기도와 비원을 위하여
끊이지 않고 물을 이뤄 소리내어 흐르리라

가슴엔 꽃일까 노래일까
죽지 않는 무엇일까 이슬처럼 맺히고
흐르는 것들을 위하여
오래토록 우리는 해뜨는 쪽에 있었다

나종영

봄

등꽃

갈래꽃

택시

코피 1

코피 2

코피 3

죽어서 별이 되기 싫은 너에게

마틴 하즈

봄

너는 지금 어느 벌판에 떠돌고 있느냐
눈 쌓인 망월동 홀로 떨며 서 있는
마른 억새풀 솜털가지 끝에 묻어 있느냐
봄 너는 어디쯤 앉은뱅이 걸음으로
기어오느라 우리를 기다림으로 지치게 하고
춥고 깊은 밤 가위 눌린 칼잠으로 설치게 하느냐
동학년 흰옷 물결로 솟구치기도 하고
기미년 우리들의 어머니 아버지 뱃속으로 들어가서
만세소리 만세소리로 삼천리강산에 우렁차게 되살아나더니
창칼 앞에 잠시 쓰러진 사람들
길바닥에 버려두고
바람찬 벌판 싱싱한 흙 북돋을
두엄더미 속에 웅크리고 있느냐
봄 너는 누구의 혼이기에 저 깊고 깊은
첫사랑 고통의 새벽이기에
피묻은 얼굴로 다가와서
피묻은 그리움 남기고 쫓겨만 가느냐
진달래꽃 타는 사월에도 창포꽃 핀 오월에도
왔다가 피투성이 찢긴 몸으로 떠나간 너
어디 있느냐 이제 내가 가겠다
상처투성이 올 수 없는 너를 찾아
뻘밭 너머 가시덤불 너머 어디

성한 몸으로 내가 가겠다
앉은뱅이 걸음으로 새벽 안개 헤쳐오느라 애만 태우는
너는 어느 밭두렁 물오른 버들개지 품에
아픈 몸 기대고 있느냐
누군가 살아나는 넋으로
끝내는 이 땅을 덮고 말 봄이여.

등꽃

눈이 고운 사람아
사월이 가고 너를 만난 날 등꽃이 피었지
봄은 우리들의 가슴 속에 있어요
다소곳 햇살에 머금은 등꽃의 미소로
너는 고개를 숙이고
우리는 풀잎이 일어서는 들길을 걸었지
어둠은 어디서 와 두 번 세 번 이 땅을 덮는지
너의 손길이 닿은 방동사니 들풀 입술 어디에도
피어둠은 묻어 있지 않는데
칼바람은 어디서 날아와
우리들 가슴에 팍팍 꽂히는지
바닥이 보일 때까지 새벽별 어리는
강물이 희망의 발목을 적실 때까지
찔레덤불 너머 타박타박 걸어야 하는지
활활 타오르는 사랑을 하고 싶어요
유황불 얼굴에 붓고 용천뱅이 사랑 찾아
천리 황톳길 쫓아간 사람아
배고픈 아이들과 집이 없는 어머니
어슴새벽 걸어야 할 사람의 길을 이야기하던
마음이 곧은 내 사람아
오월이 오고 너를 만난 날 등꽃이 피었지
누가 너를 짓밟아 버렸는지

내 가슴에 불길이 일렁이던 봄기슭
보리밭 두렁 쓰러진 네 모습 보이지 않고
끝내 열아홉 너는 돌아오지 않았지
등꽃송이 떨어지고 서걱이는 잡풀 위로
장대비가 쏟아져 내렸지.

갈래꽃

내 몸 부서져 네가 올 수 있다면
내 빈 몸 산천에 부서져
봄날 어느 돌무덤에 쓰러져 짓이겨진
너의 사랑 찾을 수 있다면
나는 모진 바람에 흩어지는
한 떨기 갈래꽃이라도 좋아
밤깊어 끝 모를 어둠
별빛에 어린 흰 꽃 그림자 밟고
네가 올 수 있다면 나는
어둠 저 쪽 끝 새벽별 골짜기
퍼덕이는 작은 새이라도 좋아
웅어떼 속살 드러내며 물차오르는 임진강가
출렁이는 동해바다 굽어보는 산맥 너머너머까지
피비린내 쇠붙이 소름돋는 철조망
칭칭 감겨 두 동강이
찢겨진 가슴 오 죽어버린 돌가슴
이제 더는 헤어짐이 없이
두 번 다시 갈라섬이 없이
가난한 우리 한 몸으로 만날 수 있다면
뿌리도 떡잎도 한 몸이던 우리가
전라도 땅 어디 함경도 땅 어디
나팔꽃 환한 비무장 웃음으로 다시

만날 수 있다면
산천에 그윽히 쌓인 흰 꽃 밟고
그리운 네가 올 수 있다면 나는
천 갈래 만 갈래 피맺혀 부서지는
이 땅의 한 떨기 꽃잎이어도 좋아
오월 어느 봄날 가버린 네가 올 수만 있다면.

택시

보이지 않는다 엎어진 넋들
진달래로 핀 봄밤에
택시를 타고 가면 사람들이 보이지 않는다
솔담배 하나 입술에 문 채 택시를 타고
창 밖을 보면 하늘이 낮아
그 봄 피흘리던 사람도
머리채 휘어 잡힌 채 끌려가던 여자도
보이지 않는다
방림다리 신기료 할아버지 보이지 않고
산나물 한 움큼 꽁치 몇 마리 펼쳐 놓고
돈사러 나온 화순아짐 보이지 않는다
농아학교 입구 손끝을 호호 불며 사랑을 표시하던
농아들 보이지 않고
미선집 대성옥 여린 꽃들 젓가락 두들기는 소리
남광주 역 앞 여인숙 뒷골목 기웃거리며
김밥을 파는 소년의 목멘 소리 들리지 않는다
햇보리 핀 오월의 봄밤에
택시를 타고 가다 창 밖을 보면
보이는 것은 외줄기 시커먼 아스팔트
안마시술소 네온불빛이 반짝거리고
마음이 바빠 두근거리는 이 시대의 가슴처럼
골목길 움츠려 달려가는

구둣발 소리 호루라기 소리
다시 온 오월의 봄밤에 오늘은
또 누가 쓰러지는지 어두운 하늘에
우리들 마음 받쳐주던 무등산이
보이지 않는다.

코피 1

그때 나는 알았다
내가 먼저 준용이의 코피를 터뜨렸을 때
녀석의 기세가 갑자기 꺾였다는 것을
전학을 와서 낯섦투성이인 나에게
텃세를 부리며 달려든 녀석을
한 주먹에 쓰러뜨렸을 때
쑥잎을 뜯어 코피를 훔치며 일어서는
녀석의 옆구리에 손칼을 쑤셔 박았을 때
싸움은 이미 결판이 났고
녀석은 내 앞에서 무릎을 꿇었다
그후 나는 골목대장이 되어 땅뺏기 싸움을 하면서
콩서리 개구멍놀이를 하면서
여러 놈의 코피를 터뜨려 주었다
그것은 우리들의 성공적인 전쟁놀이를 위해서는
열 마디 말보다 쉽고도 좋은 방법이었다
누군가 감히 내 말을 거역했을 때
군용비행기가 머리 위를 날며 뿌리고 간
선전 삐라를 주워오지 않았을 때
나는 또 한 녀석의 멱살을 잡고 주먹을 터뜨렸다
아침이면 꼿꼿한 자세로 교문에 서서
혁명공약을 줄줄 외웠던 이 땅의 어린이
나에게 그것은 신나고 씩씩한 방법이었다.

코피 2

누가 나를 짓밟기 전에 내가 먼저
상대방을 거꾸러뜨려야 하는 거야
먹이사슬을 가르치던 생물선생도
피비린내 전쟁터 풍경을 스크랩해 오라던
담임선생님도 그렇게 말했다
달마다 등수를 매긴 성적표에 따라 매를 맞으며
우리는 남과 더불어 사다리를 올라갈 수 없으며
내가 이기기 위해 남을 끌어내려야 한다고 배웠다
너희들은 이 나라의 희망이야
잘 살기 위해선 일하면서 싸우고 싸우면서
힘을 길러야 해
담임선생은 조회시간마다 열을 올렸지만
아무도 사람이 사람과 더불어
가야 할 길에 대해서 묻지 않았다
놈이 쏘기 전에 내가 먼저 쏘아야 살아남을 거야
꽃다발을 목에 건 형은 월남으로 떠나면서
덤덤히 말했지만
겨울이 두 번 지나가도 이 나라의 희망인
형은 끝내 돌아오지 않았다.

코피 3

나는 오늘 다시 한 번 생각한다. 이제는 연쇄점 주인이 된 자유당시절 어느 정치깡패의 이야기가 실린 신문을 읽으면서 어린 날 쉽고도 간단하게 한 방 터뜨려주던 코피가 무엇을 의미하는지. 어두운 거리에 군화소리가 어지럽게 흩어지고 '힘은 정의다'라는 붉은 표어가 복도 곳곳에 나부꼈을 때 텃세를 부리던 준용이도 준용이의 코피를 터뜨린 나도 먹이사슬을 가르치던 생물선생도 전쟁터 이야기면 거품을 입에 물던 담임선생도 거대한 손에 의해 피칠갑이 되었던 것을. '정의가 힘이다'라는 말뜻이 어느 날 갑자기 뒤바꾸어져 행세한 것처럼 우리 모두 무엇인가 어둠의 손에 의해서 코피가 터진 채 살아왔다는 것을. 이제는 고향에 내려와 조기축구도 하면서 옛두목의 묘비를 세워주었던 돌주먹 중늙은이, 무엇이 그를 정치깡패가 되게 하고 누가 그를 연쇄점 주인으로 바꾸어 살게 한 것인가를—힘에 의한 지배, 힘만 믿고 살겠다는 인생관이 얼마나 허황한 것인가를 피흘린 4월이 가르쳐 주었지요—아침햇살을 맞으며 일렬종대로 서서 혁명공약을 외우던 어린 시절, 우리들 머리 위를 너머 새파란 보리밭에 곤두박질치던 삐라를 생각하면서 이제는 연쇄점 주인이 된 어깨의 말을 열 번이고 백 번이고 믿고 싶어졌다.

죽어서 별이 되기 싫은 너에게

—김득구

눈을 떠 다오

티끌 한 점 따스운 사랑이 그리워

쥐었던 맨주먹 너에게 무엇을 주랴

이복형제 애끓는 아픔에 묻혀 버린

석자 너의 이름을 되찾아주랴

살려고 몸부림쳤던 너는 쓰러지고

얻어맞아도 맞아도 가난을 떨치지 못한

우리가 두 눈 감은 너에게 무슨 애닯은 노래를 불러주랴

찬 밥 한덩이 라면 하나로 저녁을 때우고

지친 몸으로 칼잠을 잤던 체육관

마룻바닥에 겨울 별빛이 비치는데

가난은 나의 스승이라던

너의 설운 목소리 쟁쟁히 살아 들리는데

맺힌 한 응어리진 마음

놓아두고 구만리 하늘 어디로 갔느냐

누구는 쓰러진 너에게 승리의 월계관을 씌워주고

누구는 인간의 파괴본능이 너를 앗아갔다고

옛로마의 검투사를 보듯 너를 애도하지만

득구야, 춥고 배고픔이 죽기보다 싫어

목숨 걸고 주먹을 팔았던 우리가

죽어서 반짝이는 별이 되면 무엇하겠느냐

쓰러져도 앞으로 쓰러지겠다던 너는

물건너 돈 많은 나라 아메리카 땅에서도
뒷걸음치지 않고 부서져 갔지만
끝내 붙잡을 수 없는 꿈,
주먹 하나 내뻗을 수 없는 우리는
진눈깨비 흩날리는 텅 빈 마룻바닥
흐릿한 불빛 뒤돌아보며 어디로 갈거나
기름밥 쇠냄새 맡으며 닳아진 구두 몇 켤레 닦으며
어두운 청계천 다시 맴돌아야 하느냐
찬 눈바람 속 들풀로 남아 울음 삼키는 우리가
눈감은 너에게 돌려줄 사랑 한 줌 없지만
혼자 죽어서 별이 되기 싫은 너
아직도 싸움이 끝나지 않는 가난의 땅
똑바로 걷게 눈을 떠 다오, 득구야.

마틴 하즈

나는 당신의 얼굴을 모릅니다
솔잎 바람결에 마틴 하즈
당신의 이름을 들었습니다
흰 살결과 푸른 눈을 가진
스물두 살 처녀 당신은 무엇을 찾아
가난한 이 땅에 와
등불 하나 들고 서 있습니까
남불의 따사로운 풍경과 감미로운 음악
자유와 평등 그리고 박애의 삼색기가 펄럭이는
당신의 나라 고향을 버리고
당신은 누구의 찢긴 마음을 위하여
두 손을 모으고 있습니까
한 그루 풍매화 속삭이는 소리
잔돌 휘감고 흐르는 은물결 소리에도 당신은
눈 귀 고이 닫고 비구품 게송 한 구절 외우겠지만
이 땅의 눈물 많은 여자들은 사랑을 위하여
무슨 노래를 불러야 합니까
진흙 밟고 공양가는 마틴 하즈
어두운 길 등불 하나 산길 내려오는
당신의 모습 생각합니다.

박주관

만날 수 없는 얼굴
싸움의 시작은
웃기는 아침
위대성에 관하여
기습을 배우며
산도 밀고 바다도 밀며
뜀박질
어머니 목소리
어머니 전상서
고향 가는 밝은 길이

만날 수 없는 얼굴

마카로니 웨스턴의 등장이 아니다
허허 벌판에 서서
적들을 기다리는 것이 아니라
뛰어가서 두손으로 안은
죽어서도 죽지 않을 얼굴들이다
허약한 우리들은 잡혀 가지 않으려고
어둠을 빌려서
밤노래를 부르고
한 숨 죽여 이야기 하고 모이고
흩어져 외치고
오랏줄에 묶인
당신들의 사진만 쳐다보며
괜한 땀만 흘리고 있다
꽹과리를 쳐보아도 징을 쳐봐도
보이지 않는 것들만 하늘에 떠다니고
추도문이나 읽어대는
너희들은 그때쯤
어디에 있을까
망월리望月里 하늘 아래
달빛은 영원히 비추이는데

싸움의 시작은

소주나 마시면서 우리는 언제나 싸운다
싸움의 시작은 누가 가져다 주었는가
모두들 떠나면서 부르는 노래들은
어디에 있는가
산이 허물어지고 들이 무너지고
강이 끊어지는, 오지 않았어야 할
홍수 앞에서
너와 나는 피끓는 손을 쥐면서
파란 수목 아래 아버지는 죽고
어머니는 아들의 손목을 잡으면서
눈물을 뿌리며 뿌리며
끌려가는 자식 뒤에서 울며 서 있다
무너지는 들 아래에서
몇 개의 불마저 하나둘씩 꺼져가고
꺼져가는 우리들의 굳은 노래 속에서
밤은 더욱 더 깊어만 가고
하얀 벽에 하얀 옷으로 치장한
친구들의 속삭임을 들으면서
우리는 눈물 흘리면서 감추면서
바라는 꿈속에 후려치는 채찍을 무너뜨려라.

웃기는 아침

경찰서 출입 김기자는 은사가 어디로 이감된 지도 모르고 있다가 전송電送으로 나오는 특사자의 명단을 보면서 언제 그리로 옮겼을까 하고 고개를 갸웃거린다 세상은 갈수록 어렵지만 선생님을 잊지는 않았습니다 소주잔을 기울이면서 부끄러운 척하겠지 말을 못하는 것이 아니라 기다린다고 이야기할 테지 한국 언론도 언젠가는 말할 수 있을 것이라고 은밀하게 속삭일 테지 옳고 옳은 소리 비내리는 아침에 은밀히 내리는 말들 지방 신문사 교정부원들은 정아무개 정자가 나라정인지 고무래정인지 따지다가 세월이 가고 오고, 가는 눈속에 기자들 시간도 가고 그러다가 밤이 오고 또 아침이 온다 하늘이 주신 천형을 기쁘게 받아들일지어다.

위대성에 관하여

너는 언제든 한일 도루코 같지
옥중에서 자유의 서書나 읽어내는
얼굴 부은 친구를 얘깃거리로
친구는 친구대로 술은 술대로
만나고 마시는 것들 속에 굳게 서있는
너의 일상사를 위대성이라 부르지
밤에만 만나는
넥타이 차고 서류 봉투 든 배운 친구들도
결코 흥분하지 않는
너를 바라보며 악쓰기를 기대하지만
이제는 아무도 욕하지 못해
날이면 날마다 똑같은 거짓으로
변하지 않은 이 세상 바람의 목처럼
잡을 수 없고 이야기 못하는
어둠속에서 사는 너는 어둠을 알아
우리의 몸으로 부딪치며
면회를 긴 겨울내 몇 번이나 갔는지
너희들의 태연함에 물어 보고 싶다
칼같은 자세로
어둠속에 서는 어둠을 보고
책은 책대로 사랑은 사랑대로 즐기는
너의 변화무쌍한 위대성의 정체를.

기습을 배우며

바람 한 오라기가 나무를 부러뜨린다
마을의 평화는 빗소리에 떠내려간다
산이 한 나라의 슬픔 앞에 무너지고 있다
한 사람의 목숨은 총성아래 묻힌다
거대한 손 아래 작은 잎이 찢겨지고 있다
가난한 마음에게 겨울은 눈물만 주고 있다
이 강토 저 물결 속에 어둠은 언제나 도사린다
한 마리 징그러운 구렁이처럼 질긴 오욕의 날들
가벼운 체하면서도 무서움만 더해준다
무지한 사람들이 토해내는 말의 홍수
현명한 자들은 죽어간다 죽어가누나
바다 한가운데서도 그들은 실패했다
부러진 나무의 바람에 대한 역습
시궁창에 버려진 우리들의 자유에 대한
아름답고도 파괴적인 모든 실패만 계속된다
그들에게서 배운 기습을 단련하고 있다
부서지지 않는 벽 앞에서 우리들은 끓고 있다.

산도 밀고 바다도 밀며

몸이 마를 때 외박하고 돌아와
아픈 허리의 잠을
너의 겨드랑이에 남겨서
끝없이 날아가게 하고
누구에게라도 웃음을 건네줄 여유가 있을 때
그네들이 웃음을 선사하듯
이 세상의 못난 것들을
나는 흰머리로 보여 주련다
난세 때
당신들은 긴머리 자르고 식음 전폐하고
올바름 앞에서 주저하지 않았고
지금의 나는
모든 것이 부끄럽고 떨리지만
밀어 버리겠다
잉크 한 방울 적셔 들 수 없는
이 원고지 위에 삭발을 하마
깨끗하게 비쳐드는 저 산등성이의
희끗함처럼 우리는 미는 걸
좋아한다
산도 밀고 바다도 밀고
모두 모두 다 밀어 버리고
부르도저로 머리를 깎아 주는 사람들

이 어처구니없는 한국의 모험이여

뜀박질

심부름 시키면 왠지 모르게
뛰어 갔다 왔던 어린시절이
어떤 나라의 대통령이 왔다 가니까
눈앞에 어른거렸다
주는 것도 없는데 마냥 숨차게
달려와서 또 만화방으로 줄달음치던 날이
조깅이란 말 앞에 불쑥 튀어 나왔다
그것의 기원은 어디에 있었단 말인가
뜀박질 하던 아이들은
이제 자라서 통계학자도 되고
물리학 박사도 되어서
세상 어디에나 살고 있는데
걷지 말고 뛰라던 말도
이제는 화사한 어미 앞에서
뛰지 말고 걸어라로 바뀌었다
차가 있으니 중앙식 난방 장치가 있으니
무얼 생각하고 뛴단 말인가
갖다 쓰는 습성이 몸에 붙어서
설탕도 총칼도 대포도 갖다 썼지만
이제는 우리도 비행기까지 만드니
삼각지 로타리 밑을 거대한 백인이
팬티만 입고 땀흘리며 달리는 걸 볼 때마다

야만인들이 하는 짓이다 외쳐본다
수퍼마켓 배달원도 자전거로 달리고
막걸리통이 오토바이 위에서 놀 때
세상 어디에도 부끄러울 게 없어라
밥 세끼 굶은 적 없으니
고개 들고 우리끼리 희망 나누면서
또 뛰어가고 있으니

어머니 목소리

당신께선 64년 만에 제 편에서는 32년 만에 당신의 육성을 서울에서 들었습니다. 살아 생전에 처음으로 칼라 텔레비전 한 대값 정도 되는 전화를 가지신 당신 앞에 저는 할말이 없었습니다. 적금 부어서 만기 되면 늘이기 위해서 뛰어다니는 몸짓 앞에 사람은 꼭 결혼을 해야 하고 자식을 낳아야 하는 건가요. 텅 빈 가슴으로 돌아오는 버스에서 매달려 흔들거리기 시작한 지도 고향 떠나서 몇 십 년 된 것같이 느껴집니다. 어느 뉘 가슴 있어 전화번호도 못대는 걸 부끄러움이라 여기던가요. 어찌 보면 원적없이 떠도는 38따라지 원혼처럼 대낮에도 죽어있는 사람 같은 세월 속에 당신은 살아왔습니다. 목소리는 다이알 돌리지 않아도 국번 없이 언제든 자식들 가슴 앞에 윙윙거리고 있습니다. 아예 전화란 무용지물입니다. 당신의 육성이 기계를 통해서 나오고 난 뒤부터는 저는 도망가고 싶어졌습니다. 도망갈 수 없는 영원한 목소리 앞에 우리들은 언제나 죄인임을 안다면 못할 것이 어디 있다는 말인가요. 어머니의 목소리는 나를 옥죄는 자유로운 긴급조치임을 죽는 날까지 잊지 않겠습니다.

어머니 전상서

새벽에 일어나 연탄 아궁이를 보는 게 첫 번째 일이어라우 그러고서는 쌀 씻어 전기에 꽂고 다시 드러누워서 한줌의 재로 날아다니는 당신을 이 산동네에서 그려본당께라우 사람들은 희망이란 말을 쓰지만 저는 그 말이 사전 속에나 있는 것이라 여겨질 뿐 당신이 쓰러졌을 때 야근일이 바빠서 못간 게 아니고 실은 돈이 없어 형님에게 짐짓 넘겨 버리고 서울 사람들 밤마다 사랑한 다음에 닦으라고 부드러운 종이 접기에 열 올리고 있었구만이라우 망할 놈의 공요일 날은 전자오락실에서 마주친 계집애 만나서 어디 갈 데가 있나요 시외버스 타고 강화도 가고 행주산성쯤 가서 국민학교시절 허벌나게 배웠던 장군들 이름이나 기억하면서 역사의 감춰둔 부분보다는 주입된 사실이나 씨알거리다가 후미진 곳 없나 눈만 굴리다가 넘어지곤 했었지라우 당신이 누워버린 산자락에도 노을이 비껴가고 바람을 벗삼아 사랑놀이나 하다가 돌아오는 한강에도 노을은 걸려 있었지라우 살아 생전에 죄인이던 제가 결혼하고 자식 낳아도 까마득한 걱정만 생겨나고 돈도 모아야 하고 자식도 가르쳐야 하고 도저히 희망 없으니 먼저 가신 당신이 부럽지라우 정말인께로 엄니 믿어 주시요 그러나 살아야 할 세상, 기차 소리 들려오고 새벽도 깨어납디다.

고향 가는 밝은 길이

돌아가련다
머리 둘 곳 찾아서 발을 뻗으며
나직이 부르는
땅 내음을 맡으러
전답 서너 마지기 부리며
울어 보지 못한
친족들의 허연 가슴 만나러

외삼촌도 묻히고
가족들 뿔뿔이 흩어져서
상수리나무 아래 폐허 됐는데
텅 빈 마당 들어설 때
내 강아지 왔구나
외할머니 버선발로 뛰어 나오던
환한 목소리 세상 만나러
돌아가리라

윤재철。

_연작 장시

난민가亂民歌

1

왕십리 중앙 시장을 지나면서 너를 보았는지 모른다,
흐린 채 저물어 간 하늘로는 눈발이 간간 내비치고
배추더미, 무더미에 가마니를 덮고 리어카를 세우면서
사과궤짝을 부수어 피운 모닥불
불꽃은 활활 어둠 속을 타고 올라 주위를 밝히고
불가에 설핏 모여서서 불을 쬐는 사람들
이따금 지나치듯 주고받는 말과 하루의 피곤과
불꽃에 비추어 붉게 흔들리는 얼굴들
어쩌면 지나가며 너를 보았는지 모른다.
세상은 너로부터 천여 년을, 백여 년을 지나지만
세상은 에스컬레이터로 달나라까지 가는 요술같은 세상이지
만
웅싯궁싯 모닥불에 기대어 등허리를 녹이는
쓴 소주 몇 잔에 혓바닥을 녹이는
우리들의 가난은 변함이 없어
춥고 배고픈 누더기를 벗을 수가 없어
모닥불가 살비듬같은 눈은 내리고,
어쩌면 네가 나를 보았는지 모른다.
피흘리며 땀흘리며 우리들의 손은 늘 비어 있고
젖은 발로 어둔 길을 가는 사람들
나라와 역사와 우리들의 가난이
또한 노예 같은 신세, 내놓은 몸뚱아리임을

다시 안으로 타고 오르며 상접피골을 뜯어 먹는

모리배, 정상배, 기회주의배, 탐관오리배들을
어둠 속에서 말없이 지켜보는 분노의 눈빛을.
불꽃에 비친 얼굴들은 더욱 붉게 흔들리고
시장 골목 지나 황학동 골동품상
가게 앞에 매단 희미한 백열등 밑으로
살비듬 같은 눈은 내리고
기대어 세워 둔 격자 문짝들이
어둠 속으로 하나하나 문을 열고 있었다.

2

청자 항아리를 돌았다.
몇 바퀴를 돌았다.
비취색을 돌아
구름 타고 돌고, 학을 타고 돌고
향연에 감겨
연꽃, 모란, 버드나무, 갈대 사이를 돌고
몇 백 바퀴를 돌았다.

남은 것은 세월이었다.
비취색 깊이 잠긴 세월이었다.
한 허리 같은 세월이었다.
잠들지 못하고 천년을 빗질해 온 세월이었다.

철없는 여자 아이는 웃었다

옛날에 살았으면 저 병에 물을 떠다 마셨을 거라고.
그러나 천년 전에도 나는 왕이나 귀족이 될 자신은 없었다.

어리석은 김부식의 자식은
정중부의 수염을 태웠다.
왕과 문신들의 연락宴樂에 호종한 무신들은
하루종일 배가 고파
핏발 선 눈으로
대소 문신이란 문신은 모조리 잡아 죽이고
청자 항아리는 넘어 갔다.

경대승은 정중부를 잡아 죽이고
쥐새끼같은 이의민은 경대승이 죽을 때까지 기다렸다가 호랑이가 되고
최충헌은 이의민을 잡아 죽이니

나라꼴은 숭숭
초상집 개처럼 배고픈 것은 정작 만적이 같은 아랫것들이었다.

3

청산이 별곡은 귓바퀴에 걸리지도 않았다.
청산이 별곡도 도망가 살 곳은 아니었다.
아니, 도망간다고 될 일이 아니었다.

만적이란 놈이 하루는 북산에 올라가
정정丁丁 도끼로 나무를 찍으며
아무리 생각해도 막 돼가는 세상
막 돼먹은 신세라, 기약할 바이 없고
세 빠지게 일을 해도 주인만 배불릴 뿐
그보다도 그보다도
내가 내가 아닌 종놈의 신세
사람 대접 한 번 제대로 받고 싶어 한스럽더니
세상은 그제도 막 가는 세상이라
주인 최충헌만 해도 이의민을 때려 죽이고
임금을 멋대로 세우고 폐하고
세상을 손아귀에 잡아 넣고 흔드니
막 가는 세상
내가 뭐가 그 놈만 못한가
이의민만 해도 애비는 소금 장수
에미는 종이었지 않은가
제가 키가 크고 수박手搏 하나 잘 해서 눈에 띄고
정중부 이래 막 가는 세상이다 보니
일자무식에 미신이나 좇는 놈이 그래도
한세상 손바닥 위에 올려 놓았지
내가 뭐가 그놈만 못한가
왕후장상王侯將相이 본래 씨가 있는 것이 아니고
때가 오면 누구도 할 수 있는 것이니
애매하게 주둥이 박고
상전 밑에서 고생만 할 것이 아니었다.
가만 옆의 놈을 긁으니 옆의 놈이 시원하더라.

옆의 놈이 또 옆의 놈을 긁으니 시원하더라.
옆의 놈이 또 옆의 놈을 긁으니 시원하더라.
불끈 정정丁丁 도끼로 나무를 찍어 넘기니
여기서 丁丁, 저기서 丁丁 도끼가 울고
골짜기가 丁丁, 산이 丁丁 울더라.
한 놈 두 놈 눈짓으로 눈짓으로 모여 앉으니
왕후장상이 본래 씨가 있는 것이 아니고
만적이 네 놈이 왕, 돌쇠 네 놈이 후
개똥이 네 놈이 장, 억보 네 놈이 상
부모 잘못 만나 종놈 신세지만
깨 벗고 보면 다 늠름한 재목들이라.
세 빠지게 일해서 주인만 배불릴 것이 아니라
옳게 사람 대접 한 번 받아보고 싶고
또 큰소리도 한 번 쳐보고 싶더라.
주인 놈들이 벌벌 떠는 꼴을 한 번 보고 싶더라.
공주 명학소鳴鶴所 망이亡伊, 망소이亡所伊만 해도 그렇다
무언가 보여 주지 않았는가.
금, 은, 동, 철, 실, 종이, 도기, 먹이나 만들던
같은 천민 주제가 아니었는가
굶주린 무리를 일으켜 죽기살기 대드니
주인놈들 혼줄 나서 달래고 어르고
소所를 현으로 승격까지 시켜주지 않았는가
그래도 싸우다 항복하니
곡식까지 주어 고향으로 호송까지 하지 않았는가
그래도 싸우다 모조리 죽기는 하였지만
무언가 사람답게 외쳐 보지 않았는가

운문(雲門, 경북 청도)의 김사미도, 초전(草田, 울산)의 효심이도 다 마찬가지
입으로 떠들기는 신라 부흥 운운하지마는
속사정은 마찬가지, 무언가 외쳐 보지 않았는가.
공사 종놈들이 머리를 맞대니
황지黃紙 수천 장을 오려 丁자 모양의 표지를 만들어 붙이고
날을 기약하여 흥국사에 모여 관노들의 호응을 받도록 하자.
그리하여 관노는 청내에서 권신들을 잡아 죽이되
아무개가 아무개를, 아무개가 아무개를 맡고
사노는 성내에서 궐기하여 먼저 최충헌 등 각각 자기 주인을 죽인 후
노비의 문적을 불살라 없애고
우리들이 집권하도록 하자
그렇게 하자, 그렇게 하자 결정을 보았다.

강물은 숨죽여 흐르고
가슴을 떨며 숨죽여 흐르고
만월동 흥국사 뒤켠 솔밭의 햇빛은 춤추듯 빛나
부딪히는 것들은 안으로, 힘살 속으로 감기고
팽팽하게 허리를 굽힌 하늘
소리개는 말없이 휘몰아 나가고
흥얼흥얼 못본 척, 흥얼흥얼 딴청
기웃기웃 모여드는 사람들
불뚝불뚝 뛰는 가슴, 지글지글 타는 눈빛
한시라도 잊었을까, 한시라도 맘 놓을까 허나
상여 메고 가다 귀청 후비는 척

모여드는 사람, 눈빛, 팔 다리들
황지에 丁丁, 황지에 丁丁
너도 丁丁, 나도 丁丁
소매 속, 괴춤 속 삐죽뾰죽 삐죽빼죽
낫이며 호미며 자뀌며 도끼며 손에 익은 연장들
덩더둥셩, 덩더둥셩
어슬렁 기웃 모여드는 사람들
가만 바람이 어디 대목을 찍어 보자
모기 다리로 쇠씹 한 번 해 보자
망이, 망소이는 머나먼 공주땅이지만
사미, 효심이는 머나먼 동경땅이지만
지금 여기는 범의 굴, 범의 아가리
잡으면 제대로 잡으리라.
성즉군왕成則君王이요 패즉역적敗則逆賊이라
불뚝불뚝 뛰는 가슴, 지글지글 타는 눈빛
낫이며 호미며 자뀌며 도끼며 제 절로 뛸 것이
하늘은 팽팽하게 허리를 굽힌 하늘이었다.

만적이란 놈이
뛰는 가슴은 가슴이고, 타는 눈빛은 눈빛이고
마음은 얼음장처럼 맑고 차가워지는데
약조한 시간이 임박하여서 알게 모르게
휘두르르 점고를 해보니 수백에 불과해
어허, 왜 이리 적을꼬, 생각 밖으로 적을꼬
이대로는 부족한데, 이대로는 힘겨운데
머릿속으로는 바람개비 돌고 물은 끓는데

시나브로 먹장은 끼고
약조한 시간이 넘어도 거기서 거기라.
돌쇠, 개똥이, 억보 수군수군 모여들고
수군수군 머리를 맞대고 의논을 해 보아도
될까, 해 볼까, 결단해 볼까
머릿속으로는 미친 듯이 바람개비 돌아
산 놓고 묘책을 짜 보아도
될까, 해 볼까, 내친 걸음에 해 치울까
수백으로는 최충헌 하나 잡아 죽일까 말까인데
그것을 다시 청내와 성내로 나누고 또다시 나누고 보면
어렵지 않을까, 낭패보지 않을까
여기서 수군수군 저기서 수군수군
머릿속으로는 미친듯이 바람개비 돌고
그럼, 그럼 어떻게 할까
할 수 없네, 늦더라도 다음을 기약하세, 어차피 춤은 벌어진 춤
기밀을 단도리하여 다음을 기약하세
각각 관노, 사노 빠짐없이 끌어들여 다시 모이세
그렇게 하세, 그렇게 하세
그럼 언제, 모월 모일 모시
그럼 어디서, 이번에는 연복동 보제사
쉿 쉿 슬금슬금 이쪽 저쪽 사방으로 흩어져 가며
죽일 놈이야 어디 가겠나
오늘 죽이나 내일 죽이나 제 명이 어딜 가겠나
개구리 주저앉은 뜻은 더 멀리 뛰자는 뜻
불뚝불뚝 뛰는 가슴, 지글지글 타는 눈빛

오히려 삭히지 못해 더욱 뛰고 타오르고
진정하세, 마음 먹은 게 반 넘어 일이라
다음에는 꼭 해 치우세

만적이란 놈이 그 밤으로 최충헌네 머슴방에서
돌쇠, 개똥이, 억보 머리를 맞대고
이 궁리 저 궁리 엎치락뒤치락
산 놓고 묘책을 엮어
일을 나누고 손발을 다시 맞추어 놓은 뒤에
아무리 생각해도 무언가 빠진 듯 싶은 것이
몸은 떨리고 눈빛은 지글지글 타올라
아무래도 오늘 움직이지 않은 것이 병인가 싶어
성질 같아서는 지금이라도 당장 해 치워 버려야 직성이 풀릴 것이었지만
직성을 못 풀어서 그런가 싶어 이 생각 저 생각 하다가
밤늦게 코를 드르렁거리며 기세 좋게 잠들었는데
초저녁부터 살랑 툭툭 듣던 비바람이
밤 깊어 기왓장을 날리고 기둥을 흔들어
천둥번개가 내리치고 혼돈스럽더니
만적이란 놈 어렴풋한 꿈결에
최충헌의 머리통을 내리치며 문무백관을 호령호령하더라
그 밤으로 억수 같은 빗속을 까마귀 한 마리 울며 날아
최충헌네 뒤 뜰 배나무에 머리를 박고 죽었더라.

천둥번개할 때는 천하 사람도 한 맘 한 뜻이 된다던데
그때 율학박사 한충유의 집 머슴방에서

그 집 가노 순정順貞은
천둥소리가 그 집 마나님 호령소리 같았을까
천둥에 놀라 떨어진 잠충이같이
정신이 어릿어릿 마음이 오락가락
아니 번개 속에 상급이 번쩍, 종량從良이 번쩍
번개 속에 뒤돌아보면 산발한 만적이 얼굴이 번쩍
두릅으로 묶여 목잘린 친구들 얼굴이 번쩍
밤새 뜬 눈으로 엎치락뒤치락거려도
만적이나 나나 다 저 살자고 하는 노릇
모로 가나 기어 가나 서울 남대문만 가면 그만인 법
이 기회를 놓치면 다시 종놈 신세 놓여날 길이 없을까
날이 밝으며 주인 마나님 앞에 무릎 꿇고
이왕지사 종지리새 열씨 까듯 죄 고변하였다.

그날로 만적이 백여 명이 굴비 엮이듯 뚜루루 엮여 최충헌이 앞에 무릎이 꿇렸다.

죽을 죄가 아니라 일이 그르쳐진 죄라
모두들 두 눈에 불을 켜고 원통하고 분함이 혀를 물 일이라
차라리 싸우다 죽으면 싸워 보기라도 했으면 한이 없으련만
범은 그려도 뼈다귀는 못 그리는 것일까
뼈다귀는 무르익어 제절로 이루어지는 것일까
용은 다 그려 놓고 눈알을 그려 넣지 못하였으니
다 그려 놓고 발톱을 그려 넣지 못하였으니
죽기는 서럽지 않으나 못 다 이룬 일이 한이더라.
남기고 가는 일이 마음 아파
누구는 곱게 태어나 왕후장상이고

누구는 밉게 태어나 죽을 것 상놈인가.
입 막지 마시오, 호령하지 마시오
도마 위에 고기가 칼 무서워하겠소
죽어서도 무당 빌려 말한다는데 하마 살아서 말 못할 게 무에 있소
당신들은 제 밥 먹은 개가 제 발등 물었다
개미 새끼 정자나무 건드린다, 짜가사리 용 건드린다 하지만
막다른 골목에 개새끼요, 쥐새끼요
상전 배부르면 종놈 배고픈 줄 모른다고
춥고 배고픈 사정이야 당신들이 알 리 있소
사람 대접 못 받아 서러운 사정이야 당신들이 알 리 있소
발 살에 때꼽재기만도 못 한 신세
춥고 서러운 사정이야 당해보지 않으면 누가 알 것이오

호령하지 마시오, 죽어서도 권세가 미칠 것이오
호령하지 마시오, 당신이 언제까지 왕일 것이오
왕후장상이 본래 씨가 있는 것이 아니고
때가 오면 누구도 할 수 있는 것이니
더더욱 상놈은 자식도 상놈, 손자도 상놈 대 물려 상놈이니
이처럼 억울하고 불공평할 데가 어디 있소
빨간 상놈, 파란 양반이 어디 있단 말이오
우리도 사람답게 살아야 할 것이오
우리도 당신들처럼 살고 싶소
개똥밭에 굴러도 이승이 낫다지만
대 물려 상것들이야 살아도 죽은 목숨 사람이라야 사람이지
우리도 사람 대접 옳게 받으며 살고 싶소

오래다 보면 음지도 양지 되는 법
작은 도끼도 여러 번 찍으면 큰 나무를 눕히는 법
언젠가는 새 세상, 우리들의 세상도 올 때가 있을 것이오.
미련은 먼저 나고 슬기는 나중에 나는 것인가
만적이 아무리 생각해도 칼 물고 피토할 노릇이라
가슴은 타고 눈에는 활활 불이 일어
죽기는 서럽지 않으나 못 다 이룬 일이 한이더라
죽어서라도 싸우리라 죽어서라도 이루리라 이빨이 이빨을 문다.

4

그리고 만적이는 같은 만적이 백여 명과 함께 강물에 던져졌다.

타오르던 불은 꺼지고 아니 강물 깊이 처박히고

절망의 산을 깎아 희망의 들로 만들려던 만적이들은 새가 되어 날아갔다.

아니 날아간 것이 아니라 밤이면 돌아와 쓰러져 누운 가슴들 속을 날아다니며

불꽃의 씨앗을 던져 심고 몸으로 타는 기름이 되었다.

밤은 밤으로 끝없이 이어지고

순정은 고자질한 공으로 은 팔십 냥을 받고 양민이 되었다.

그 주인 한충유도 고자질하도록 노비를 잘 기른 공으로 각문지후의 영작을 받았다.

최충헌은 만적의 난 이후로 계속되는 암살 음모에 도방을 다

시 두고 교정도감을 두어 경계를 엄히 하였으나 안으로 다스리기는 어려운 일일까 결국 병으로 죽고 말았다.

대를 이은 그 아들 우는 처음에는 지 애비가 쌓아둔 금 은 보화를 임금께 바치고, 지 애비가 탈취한 공사의 전민田民을 본래의 주인에게 돌려주고, 지 애비한테 아부하여 백성을 괴롭혔던 관리들을 유배시키고 변덕을 떨더니

어느 날은 이웃집 수백 호를 강제로 철거하여 격구장을 만들고 격구를 장려했다.

이어 몽고의 침범 소식이 전해지자 녹전차祿轉車 백여 채로 자기 가재를 강화로 옮기고 천도를 단행하였다.

최씨 부자들은 우, 항, 의로 대를 이어 전권을 손바닥 위에 올려놓고 이후 삼십여 년을 몽고에 항전했으나, 본토의 백성들이 임금이나 조정의 코빼기도 보지 못하고 항전하며 짓밟히고 쓰러져 간 것에 비하면 참으로 배부르고 사치스러운 항전이었다. 결국 그 섬 구석에서 삼십여 년의 항전이란 것이 최씨의 정권유지에 불과한 것이 턱도 없는 오랜 싸움에 백성들과 국토는 짓밟힐 대로 짓밟혀 황폐하기가 극에 달했고 보다 못한 공경대신들이 출륙 강화할 것을 누차 결의하였으나 최씨 홀로 반대하여 승산 없는 싸움을 오래 끌었던 것이다.

마지막 의는 그 애비 항이 중으로 있으면서 송서의 여종을 맛보아서 낳은 자식으로 현량한 선비는 잘 대우하지 않고 노비들에게 벼슬을 주었다. 경박히 전횡하더니 끝내 김인준 등에게 포살되고 이로써 육십 년 최씨 시대가 막을 내리며 곧 강화가 이루어져 조정은 개경으로 환도하게 되었다.

이에 반대한 삼별초의 난도 끝까지 몽고에 항거했다 하지만 삼별초라는 것이 특수 군대 조직으로 본래 최씨 일가의 사병

조직에 불과해 최씨가 몰락하고 개경으로 환도함에 자신들의 운명이 불보이듯 뻔한 이치라 막다른 골목에서 이판사판 오기로 싸움을 끌어간 것에 불과한 것.

이후 고려의 왕들은 몽고와 결혼하여 명맥을 이어 갔고 공민왕에 이르러 명이 일어섬에 국권이 일시 회복되는 듯하였으나 홍건적, 왜구들이 밀어닥치고, 이를 계기로 신흥 무장 세력들이 득세하니 백성들이야 왕씨나 이씨나 그저 그런 일이나 나라는 이미 기운 나라였다.

5

강물은 숨죽여 흐르고
오래도록 가슴 떨며 숨죽여 흐르고
흘러가는 것은 세월이었다.
여울은 여울대로 남아
밤이면 묶여진 채 눈에 활활 불을 켠 만적이는 살아
강물 위에 하나하나 타는 얼굴로 솟고
하나하나 타는 가슴으로 솟아
흘러가는 것은 배고프고 설운 세월이었다.

귀도 흘러갔다. 입도 흘러갔다.
사랑도, 그리움도 흘러가고
타는 가슴만 남아
숨죽이며 안으로 태워 온 세월
밤이면 하이얀 숨결이 바람벽 낫으로 걸리고

우리들 스스로 목 잘라 온 애기장수들, 반란처럼
겨드랑이 날개를 인두로 지져 죽인,
콩 다섯 가마로 겨우 눌러 죽인 애기장수들

세월이 가면, 세월이 오면
유전의 땅에도 봄은 오고
사태지고 넘쳐 진달래꽃은 피어나
산에도 피고 들에도 피고
얼어 죽은 시체 위에도 피고 강물 위에도 피고
망울망울 타는 가슴으로 진달래꽃은 솟아
밤이면 진달래꽃 입에 가득 물고 우는 소쩍새
굶주려 다시 살아 우는 이 골 저 골 두견새
진달래꽃이 만발하면 보리농사 망쳐도
보리농사 망쳐서 진달래꽃은 피고
봄사월 황사바람 불어오면
살아서 누렇게, 누렇게 뜨는 얼굴들
하늘이 돌고, 주린 매가 돌고, 진달래꽃이 돌아

6

눈을 뜨면 바람 달려가는 황토흙밭
봉준이가 하루는 밭을 갈다가
괭이 끝에 쟁그랑 맑은 소리로 부딪히는 것이 있어
그런 소리는 살아생전 들어본 일이 없어
땅을 헤치고 들어내니 청자 항아리더라.

포르스름한 비취색이며 몸맵씨가 천하제일이라
두 눈이 화둥그레 뜨이고 입이 절로 벌어지더라
조심고이 받쳐 들고 흙을 털고 닦아내어
한 껍질을 벗겨내니
굶주린 세월이더라.
또 한 껍질 벗겨내니
눈물 배인 세월이더라.
또 한 껍질 벗겨내니
뭉텅뭉텅 피살점 걸린 세월이더라.
다시 한 껍질 벗겨내니 아무것도 없이
엎어진 채, 묶여진 채 핏빛으로 타는 강물이 흐르더라.
봉준이 기가 막혀 막힌 둥 만 둥 자세히 항아리를 들여다보니
칼을 문 만적이가 보이고, 콩 닷 섬에 눌린 애기장수가 보이고
무수히 잘리고 찍힌 애기장수들이 보이고
봉준이 자기의 얼굴이 보이더라.
또 봉준이가 보이고 또 봉준이가 보이고
무수히 많은 봉준이가 거기 있더라.
활활 타는 얼굴들이
굶주려 누렇게 뜬 얼굴들이 거기에 있더라.
봉준이 조용히 청자 항아리를 다시 땅에 묻고

눈을 뜨면 바람 달려가는 황토흙밭
흙먼지 속에 살아 움직이는 기억들
봉준이 나이 열 살 열한 살 적 임술년(1862년)

삼남이 들끓고, 세상이 들끓던 기억들
어쩌면 일은 버얼써 시작된 일인지도 몰랐다.
어차피 하루이틀 곪아온 것은 아녀
삼정은 문란하고 안동 김씨 세도정치 극악에 달해
탐관오리들의 횡포와 공갈이 또한 그악스러워
백골징포, 백지징세, 황구첨정, 백호백징
늑징, 족징, 모가지징
배고프고 억울한 극악에서
농민들, 애기장수들 떨치고 일어서니
이월에 진주민란을 시작으로
삼월에는 전라도 익산
사월에는 경상도 개령
오월에는 충청도 회덕, 공주, 은진, 연산, 청주, 전라도의 여산, 부안, 금구, 장흥, 순천, 경상도의 단성, 함양, 성주, 선산, 상주, 거창, 울산, 군위, 비안, 안동
삼남에 불꽃처럼 마른 잔디 불꽃처럼 옮겨 붙어
여기저기 고름 종기 피터지고
그해 봄은 유난히도 길더니
여름 들어 한발, 수해까지 겹치니
미끈 유월, 어정 칠월, 동동 팔월 건들 지난 후에
불은 삼남에서 발을 뻗어
구월에는 제주
시월에는 함경도 함흥
십일월에는 경기도 광주
십이월에는 황해도 황주, 경상도 창원, 전라도 남원
저물도록 끊임없이 일면서 해를 넘겨

계해년에는 서울 한복판 금위영 군졸들까지 들썩이던
지금도 흙먼지 속 살아 꿈틀거리는 기억들
봉준이 밭일 마치고 집에 돌아와 누운 밤
머리맡으로 어지럽고 도도하게 강물은 흘러가고
별들은 무수히 떠서 타는 눈빛으로 강물을 비추니
삼십 년 지나 지금 세상은 조금도 변함없고
새앙쥐 볼가심 할 것도 없는 가난
굶어 죽기는 정승보다 어렵다던데 먹고 살기는 임금보다 어려워
아니, 썩고 썩고 어지러워 왜양귀신들까지 가세하니
왕후장상이 본래 씨가 있는 것이 아니고
때가 오면 누구도 할 수 있어 평등할 것이로되
이제 왕후장상은 허깨비라 도적놈들이라
양반도 이제 양반은
돝 팔아 한 냥, 개 팔아 닷 돈이니
믿을 것은 백성뿐, 가장 높은 것은 백성들뿐
백성이 곧 하늘이고 하늘이 곧 백성이라
인내천人乃天이요 천심즉인심天心即人心이라.
정부를 개혁하고 백성을 구하는 것밖에 달리 길이 없어
왜양을 몰아내고 백성을 안전히 하는 것밖에 길이 없어
전운영도, 균전어사도 없애야 되고
호역전은 춘추 두 번에 매 호 한 냥 정도 해야 맞고
향리 중 천금을 포탈한 자는 난장을 쳐 죽여야 되고
왜양 상인들이 더구나 도성에 들어와 시장을 설치하거나 임의로 다니면서 장사하는 것을 금해야 하니
계사년 교조 신원 운동 때만 해도

서울 각처의 왜양 주택, 교회, 영사관에 왜양 철수를 요구하는 격문이 붙지 않았던가
궁궁을을弓弓乙乙 생각이 깊어지더니
밤은 밤으로 끝없이 술렁이더니

철없는 고부군수, 물정 모르는 고부군수
벼룩이 선지를 내 먹을 노릇이지
만석보 물세에 황지과세, 불효불목죄명, 대동미, 지 애비 건비 착취 착복하니
계사년 동짓달, 갑오년 정월
잘못됐다, 고쳐 달라 몰려 간 농민들을 마구 체포 축출하니
드디어 갑오년 이월.
기역자는 꺾어져
못 참겠다 꾀꼬리, 못 살겠다 꾀꼬리 한마음 된 제
목 벤 놈 허리 베고 허리 벤 놈 목밖에 더 벨 것인가, 목숨 걸고 결단하자
여기저기 눈에 불을 켠 봉준이들 일어서니
弓弓乙乙 봉준이들, 불끈 丁丁 만적이들, 날개 돋힌 애기장수들
온몸의 힘줄이 용대기 뒷줄 되어 일어서고
굼뱅이, 무숙이, 바구미, 딱정이, 거저리, 오사리들도 있는 힘, 없는 힘 독심 먹고 깃발 아래 몰려드니
둥둥 강물도 물줄기를 바꾸어 일어서고
둥둥 황토흙밭 달려가던 바람도, 푸릇푸릇 보리잎도 일어나 춤을 추고
둥둥 하늘도 팽팽하게 허리를 굽힌 하늘

불뚝불뚝 뛰는 가슴, 지글지글 타는 눈빛
낫, 쇠스랑, 죽창도, 따라서 제절로 춤을 추니
불살생, 충효총전, 제세안민, 축멸양왜, 징청성도, 구병입경, 멸진권탐
대명 천지에 강령을 들어 밝히고
전봉준이 총대장, 김개남이 손화중을 장령으로 삼아
농민군의 규율, 조직 체제 엄히 하니
사월에 백산으로 진격하고 오월에 전주 감영군 보부상군 격파하고 무장 영광 진격하니
여포 창날같은 기세
어처군이 독바르듯 삼동서 김 한 장 쳐부수듯 메뚱이로 새알 부수듯
관군, 초토군 쳐부수고 군기를 뺏고, 죄인을 풀고 탐관오리 엄벌하며
오월 말 전주성에 입성하니
나라님이 약이 없어 죽나, 애걸복걸 똥줄이 탄다.
휴전 강화를 맺어 보고 십이 조항 강화 조건 내세우니
집강소도 두고 폐정 개혁도 착수라.
시간 지나 생각이 달라졌을까
뒷간 갈 때 마음 올 때 마음 달랐을까
조정에서는 강화 조건 이행 않고 왜군은 왕궁을 점령하고 청일 싸움 기세가 험난하니, 아니 되겠다
농민군들 시월에 다시 삼례에 모여 회의를 열고
온건파의 주장을 밀어 잦히되
오그라진 개꼬리 대봉통에 매달아도 아니 펴지니 쳐부수자 모다 뒤집어엎자

고름이 살 될까 부스럼 코딱지가 하마 살 될까
전봉준 십만 호남군, 손병희 십만 호서군
삼로로 나누어 논산 거쳐 공주로 진격하니
만적이에게서 흐른 세월이 실은 치밀하게 면밀하게 흘러온 것이었다.

아우성인 듯 그러나 두들겨 맞으며 단련된 단단한 목소리들이었다.

배고프고 억울한 것을 힘살로 감아온 팔뚝들이었다.
김 안나게 태워 온 성난 눈빛들, 얼굴들
여기저기 작은 불꽃들이, 작은 봉준이들이 어깨를 걸어 이제는 온산을 태우는 세월
온몸으로 활활, 온 산으로 활활 타는 세월이었다.

7

불은 꼬박 그 봄, 그 여름, 그 가을을 타고, 일 년을 다 타고
깨지면서도 타고 짓밟히면서도 타고
나라 안팎으로 타고 모두 타고
봉준이 재기를 도모하며 불꽃을 다시 모을 제
엎진 놈 꼭뒤 채이듯 배반자의 밀고로 동짓달 순창에서 붙잡혀
묶인 채 갇힌 채 서울 가는 길
아무리 생각해도 칼을 물고 피토할 일이라
싸우다 피뿌리며 이 들판에 눕지 못하는 것이 한이더라.
이월에 봉기하여 마지막 공주 우금치에서 왜놈들에게 깨지

기까지

왜놈들 기관포 앞에 속수무책, 추풍에 낙엽 지듯 깨지기까지

일 년여의 풍운이 주마등처럼 눈앞을 스쳐가고

이괄이 괭과리였을까, 아니리라

줄잡아 사십 만 피뿌리고 쓰러진 동지들이

눈에 불을 켜고 혀를 문 채 눈발로 휘날리는데

봉준이 더러운 손에 붙잡혀 이 들판 한 송이 눈으로 함께 날지 못하는 것이 통한이라

눈에는 피눈물이 맺고 억장은 터져도 몇 번은 터진 일이라.

눈은 내려 소복이 쌓이고

이제 산은 숨죽여 안으로 타는가,

봉준이 가슴 안으로 타는가

허어연 입김에 코끝이 얼어붙는데

죽을 마당이지만 나라와 백성의 앞 일이 걱정이라

전에도 생각 안 한 것은 아니나 이제 정말

왜양의 발이 반도로, 가슴으로 점차 깊이 질러오는 것이

나라와 백성의 운명이 왜양의 이빨 앞에 놓인 것이

이번의 일만 해도 다 된 일이 왜놈들에게 짓밟힌 것이

더더욱 남의 다리에 행전치고, 도적놈에게 문 열어준 꼴

왜놈들은 이제 내놓고 떼로 몰려올 일이라

먹장처럼 몰려올 일이라, 구더기처럼 들끓을 일이라

앞으로의 일이 산첩첩 물첩첩 눈에 밟히는데

낚시 미늘에 걸린 생선 신세

묶인 채 갇힌 채 옳게 죽지도 못하는 몸

강물은 얼어붙고 눈발은 어지럽게 뒤섞여

이제 바람은 기세 좋게 밖에서 몰아쳐 오고
나라는 쑥대밭 남의 꾀 보쌈에 들어
살아도 죽은 목숨, 내놓인 몸뚱아리
눈은 끊임없이 내려 산하를 덮고
봉준이 가슴에도 눈은 쌓이고 덮여
겨울 지나 이듬해 삼월 봉준은 처형되었다.
봉준이 처형되고
큰 산 하나가 소리 없이 무너져 앉으니
안으로 온통 재가 돼버린 산이었다.

재를 뚫고 포르릉 파랑새 한 마리 날아오르니
봄이 오고 모진 세월 봄은 오고
집집은 텅 비인 채
산하에 진달래는 다시 피니
그해 진달래는 유난히도 아름답게 피어
꽃잎마다 피가 묻어났다.
고부 봉준이네 집 텃밭에도 눈이 녹으며
그을리고 타버린 청자 항아리 삐죽이 내밀었는데
포르스름한 비취색 깊이 피가 번져있었다.
그나마 한두 해 그 텃밭에 뒹굴어 다니더니
아무도 모르게 언젠가부터 행방이 묘연해져 사라지고 말았다

8

청자 항아리를 돌았다.
몇 바퀴를 돌았다.
비취색을 돌아
구름 타고 돌고, 학을 타고 돌고
향연에 감겨
연꽃, 모란, 버드나무, 갈대 사이를 돌고
몇 백 바퀴를 돌았다.

아무것도 없었다.
보이는 것은 시뻘건 황토흙 등성이, 연산 가는 길
줄지어 선 키작은 소나무들
먼지끼고 빛바랜 채 키작은 소나무들

그러고는 보았다. 키작은 만적이들, 키작은 봉준이들
장목에 빨래처럼 교수되어 매달린 키작은 난민亂民들을 보았다.
땟국 흐르고 꾀죄죄하지만 죽어서 더욱 엄연한
그 겨울, 그 바람 속
흰 바지 저고리들

아름답고 기품 있기로는 성삼문의 낙락장송일 것이지만
성삼문의 역사일 것이지만
우리들의 노래는, 역사는
질척질척 감발치고 가는

유전의 반도 삼천 리
거칠게 뻥대쑥 우거진 유전의 세월
죽고 또 죽어 살아남는 키작은 소나무들

키작은 불꽃들
안으로 불씨를 잠재우다, 바람불면
산맥으로 일어서서 달려 나가는 작은 불꽃들
이월에서 삼월로, 삼월에서 사월로
사월에서 오월로, 불꽃에서 산맥으로
달려 나가는 키작은 불꽃들을 보았다.

철없는 아이는 성삼문을 외우고
단심가를 외우고 청산별곡을 읊조리지만
청산도, 단심도 내게는 없었다.
질척질척 감발치고 가는
유전의 반도 삼천 리
가슴 타는 육자배기 시름새름 삼키며
넘어가는 고갯길
등성이 너머 하늘은 깊고 푸르러
바람 속을 가는 저물녘
어둠이 달라붙는 소나무들을 보면
어둠을 녹여내는 수척한 눈빛들
거칠게 살아나며 일어서는 사람들,
흰 바지 저고리들.

박몽구

_연작 장시

십자가의 꿈(제1부)

1 서시

온땅의 사지를 꼼짝 못하도록 누르고 있는
저 긴밤의 사슬들도
서슬이 시퍼런 채 흙발로 마루에 올라선 워커들도
교정에 파릇파릇 벙그는 새싹들을 뭉개고 있는
이방인들의 억센 손길도
우리들이 뿌리는 한 줄기 봄볕을
죄다 가로막기에는 너무도 미약했음인가
너 하나의 조그만 봄 손길은
갈망의 손, 손들을 모아 영산강 노도가 되어
금남로에 얼어붙은 질긴 얼음덩이를 녹여냈고
한낮에도 앞길 캄캄해 눈뜰 수 없는
사람들의 눈을 열어
캐터필러가 몰고 온 적의를 뿌리쳤었다
우리들 가슴 깊이 꼬나박힌 황무지에
삽을 들이댔었다 광주의 친구여
지금은 네 까맣게 그을린 죽음을 딛고
새하늘 새 땅을 열 때
저 굳게 닫힌 십자가의 족쇄가 풀리기까지
주인 모르는 무덤이 입을 열기까지
두려움 없는 눈빛으로 비정의 가슴 한복판에
삽을 꽂아야 할 때
우리들 여린 가슴은 목메이는 함성은

잔인한 봄의 발밑에 쓰러졌지만
우리들의 봄 뿌리까지 뽑히지는 않았으니
다시 다 살아 산천에서
비지땀 배인 작업장 속에서
거짓 가득 찬 책 속에서 뛰쳐나와 외치고 있으니
무너지기 쉬운 모래성을 향하여
한 발짝 한 발짝
행진하고 있으니

2

그해 겨울 형들은 모두 감방에서 풀려나와
눈이 부신 햇빛을 보았다
따가운 눈보라도 차라리 반가웠고
오랫동안 그리던 얼굴들을 만나
소주잔 바닥 마를 날이 없었지만
이내 시들해졌다
카프카서점에 모여 밤새 벌이는 개추렴에도 지쳐서
욱씬거리는 근육을 펼 일자리를 찾아다녔지만
받아주는 데는 아무 데도 없었다
학원 강사 자리도 끼어들기 힘이 들었고
막노동 일터에까지 낯선 얼굴들은 따라다녔다
몇 사람만 모여 있어도 서에서 불러들였다
발 하나 제대로 뗄 수 없으면서
왜 그리들 힘이 났던지

포장마차를 열고 월부 책장사로 나섰지만
내노라 하는 가난통에도 서로들 자신을 퍼주기에 바빴다
비정의 세월은 이내 그것도 허물어 버리기 일쑤였다
이듬해 봄 몇은 어디론가 흘러가고
몇몇은 다시 감방으로 떠밀려갔다
아직 천사가 날개를 펼 때가 아니었다

3

무등산 산자락에 드리워진 봄볕이 활활 타고
금남로를 휩쓸어간 무한궤도의 행렬
곰 발바닥처럼 무겁게 찍힌 날
네가 우리들의 곁을 떠난 뜻을
여기 이 사람들은 다 안다
입 밖으로 내놓을 수 없는 네 소식은
가슴에서 가슴으로 전하고
허리는 구부정해 매양 우상에게 숙여 있지만
그 새벽 어디선가 부르는 아픈 소리를
따라 나가 돌아오지 않는 사촌아
바람편에 들리는 말로는
서울의 홍등가로 몸을 숨겼다기도 하고
새로 세워진 공원의 벌건 흙이 되었다고도 하는 사람아
네 다문 입이 들려주는 말도
푸른 하늘을 간직한 네 눈이 품은 뜻도
네가 거리 모퉁이에 너부러져

더 이상 발을 떼지 못한 채 사라진 자리에는
기념비 대신 지금은 얼음이 덮여 있지만
네 그림자는 우리에게 새 하늘 새땅을 가리킨다
그을린 네 그림자를 들고 입성하는 아침
이 조그만 나의 안녕은
너의 선물이다
역사 밖의 역사가 될 승리의 확신이다

4

오그라든 어깨에 찬 이슬 배어드는 새벽부터 생선궤짝을 이고 거리를 도시는 어머니의 파뿌리 하얀 고생끝에 겨우 대학을 마치고 대학병원에서 레지던트로 일하는 내 친구는 의사가 된 것을 이때처럼 보잘것없이 생각해 본 적은 없다고 했다.

이제 곧 달덩이 같은 여자를 데려오고 어머니도 따뜻한 방에 모실 수 있게 된 내 친구는 머릿속에 챙기는 것이라면 무엇에나 자신이 있었지만 이때처럼 무능력이 자신의 가슴을 헤집고 불거진 적은 없었다고 했다.

병실에는 말할 것도 없이 복도에도 가득, 지하실에도 모로 누워 서로 다리를 겹친 채 고통을 호소하는 무등록 환자들이 즐비하였지만 손 하나 쓸 수 없음.

사망 진단서도 없이 지하실 구석에 버려진 아들 앞에서 눈시울을 적실 것도 잊은 어머니들. 집을 나가 며칠째 돌아오지 않는 딸과 비슷한 죽음을 골랐다가 아닌 걸 확인하고는 흠칫 물러서는 사람들.

정녕 남의 일로 버려두는 마성의 턱은 얼마나 높은 것인가. 한 핏줄들을 망각의 강에 몰아넣고 모른 체하는 물욕은 이렇듯 대단하단 말인가. 가운은 물론 속옷까지 흠뻑 검게 물들도록 발디딜 틈 없는 환자들 사이를 헤치고 다니던 내 친구는 자신을 잡아두기가 더 어려웠다고 했다.

5

눈물개스가 공중에 가득 배어 안개를 이루고 있었다
뜨거운 눈시울 위에
갑자기 납덩이에 맞아 떨어지는 새처럼
장갑차 위로 가슴을 내밀고 나아가던
어린 소년의 죽음이 얹혀졌다
그때마다 바위에 찢긴 파도가 갈라지듯
사람의 숲은 일시에 갈라졌다가는
총소리도 아랑곳없이 이내 다시 달려들어
완강한 바다를 이루어 버렸다
다시 장갑차 위로 깃발이 담긴 가슴을 내밀고
나아가던 소년의 목이 하나 더 떨어졌다.
사람들은 쓸쓸한 섬처럼
선지피 낭자한 소년 하나만 남긴 채
다시 뿔뿔이 흩어졌다
그러다가는 얼마안가 다시 장갑차에
깃발을 든 새로운 소년이 오르고
분노로 벌건 얼굴들이

죽은 소년의 일가처럼 바다를 이루었다
죽음의 공포도 사람들을 더 이상 갈라놓지는 못했다
바닷물은 어디서 몰려드는지 몰라보게 불어났다
고향을 버렸던 형들도
방안에서 이불을 뒤집어쓰고 있던 사람들도
무엇에 이끌렸는지 모두 흘러들어
퍼내도 퍼내도 마르지 않는 바다가 되었다
몇 사람의 제물로 바다의 분노를
잠재울 수 없는 새벽
무기는 마침내 거꾸러지고
사람들은 빼앗긴 땅을 되찾을 수 있었다

6

무등산 그윽한 골짜기에 개철쭉 붉게 타던 봄날 한 마디 유언도 없이 홀연히 사라져 이무기가 된 사람아 흰 뼈만 남아 아지랑이 되어 광주천변에 타는 사람아 너는 아직 하나도 사라지지 않았구나. 묵묵히 누워 있으나 망월동 가는 길 끊이지 않는 대열들의 기억의 꽃 속에 분노로 살아 있고 너 뭉클한 가슴을 풀어 내리고자 일어선 젊은 함성들로 살아 있구나. 새 하늘 새 땅이 열리는 그날까지 네 참담한 얼굴은 지워지지 않는구나. 잡초가 된 친구 졸지에 도둑으로 둔갑된 친구 거짓의 역사 밖에 흔들리는 사람들에게 이정표가 되어 있구나. 헛된 망령들이 판을 치고 난 뒤끝, 보이지 않는 곳에서 발톱을 편 저 분노의 얼굴들. 누가 일어서서 그 얼굴에 그어진 배신의 그림자를 지우리. 북북 그어진 삼팔선의 그림자를 지우리.

7

그도 역시 한 핏줄임에랴
고향에 주름살이 패인 어머니를 두고 있고
귓볼이 바알간 여자를 두고 있을 게지만
그의 눈은 어디를 향하고 있는가
한 핏줄의 강 어느새 이탈하여
손에 힘이 들어가고 눈이 뒤집힌
진압군 병사의 눈에 비친 우리는
마구 꺾고 싶은 한 떨기 장미인지도 몰라라
엉덩이에 떨어지는 몇 대의 방망이와
밤낮 가리지 않는 강행군과 배고픔 끝에
무엇이라도 쿡쿡 찌르고 넘어뜨리고픈
욕망으로 눈이 뒤집힌 그의 눈에 비친 우리는
한 핏줄 아닌 외계인인지도 몰라라
그의 욕망이 수그러들 때까지
우리들은 쓰레기통 속에 버려진 장미가 되고
집도 절도 다 잃은 집시가 되고
남의 무대에 잘못 선 배우들이 된다
축축한 슬픔만이 강을 이룬다
슬픔을 딛고 불끈 솟은 주먹이 된다
자신의 부모 형제들에게 무기를 내미는
진압군 병사의 눈에 비친 우리는

그의 계급장이 높이 빛나고
탄탄해진 자리에서 그의 상관이
하사품을 훈장을 내리기까지는
우리는 이 세상에서 사라져도 좋을 짐승이다.
우리, 꺾여도 꺾여도 다시 고개를 쳐드는 꽃들은

8

행간이라도 읽어내리던 신문도 보이지 않고
매양 거짓을 배 불룩하게 쏟아내지만
한 꼬투리에서 전체를 그려보던
방송도 끊긴 거리에 너를 붙인다
외곽에는 참호 속에 워커들이 포진해 있고
유언도 없이 사라진 친구
돌아오지 않는 거리에 너를 붙인다.
외롭지 않아요
흔들리지 마시오
이 외로운 섬 밖의 사람들도
우리를 목마르게 지켜보고 있소
흩어지지 말고 함께 일어서 있는 것만이 사는 길이오
소식에 목마른 사람들 몰려드는
벽에 너를 붙인다
치떨고 있는 양심을 붙인다
때로는 매직펜으로 싸인펜으로 먹으로
마침내 피로 쓴 너를 붙인다

종이는 낡고 글자는 비틀거리지만

거짓 아닌 단 하나 진실된 얼굴의 너를 붙인다

우리가 가야 할 길

모두 보이도록

사라진 사람들의 마음을 열어

새벽의 외침 승리의 길 너를 붙인다.

9

리바이스 블루진이 탄생된 나라

쿤타킨테를 고향에서 노예로 사들였다가

흑인의 노동력이 기계에 떨어지자

풀어주어 지금도 할렘에 득실거리게

버려두는 멀고 먼 스와니강의 나라

멀고 먼 태평양을 건너와

불시에 인천 앞바다에 배를 들이댄 채

당신네 나라와는 코의 높이는 다르지만

여자들의 냄새는 같다고

친구라고 친구라고 우겨댄 나라

삼팔선을 그어대 민족의 가슴을 둘로 갈라놓고도

먹다 남은 우유와 밀가루를 주며

달랜 나라

거리에서 그들이 준 권위에 의해

많은 동포들이 채이고 있건만

친구인 그들은 눈을 감고 있었다

그들이 쏟아부은 힘에 눌려
많은 사람들이 파르르파르르 이지러져 갔지만
친구라고 우겨대는 그들의 얼굴이
우리들에게 짐승으로 보일 때까지
그들은 잠자코 있었다
모든 것이 뒤바뀌어
친구를 맞을 잔치를 벌일 만한 사람들이
사라진 다음에도
그들은 다시 낯선 사람들에게 와
무쇠로 된 얼굴을 내밀고 악수를 청했다.

10

아버지 저 광활한 나주펄에는
누런 벼들이 불룩한 배 내보이며 수런거리고 있지만
무등산 지리산에는 기화요초 수풀들이 우거져 있지만
풍성한 가을의 꿈은 영글어 있지만
긴 배고픔의 겨울을 대비하기도 전에
한 밑천의 꿈은 남의 수중으로 넘어가고
쑤시는 뼈마디들만 남았죠 한숨만 감돌았죠
그게 어디 어제 오늘 일인가요
이곳은 옛부터 짓밟힌 백제의 꿈이 꿈틀거리는 땅
탐스러운 배며 복숭아 대바구니까지
마당에는 수북이 쌓이지만
만져볼 겨를도 없이 서울로 진상되어 나가고

대가 없는 노동만 까마귀 소리만 마을을 맴돌던 곳
견디다 견디다 못하여 힘깨나 쓰는 사내들은
화적패에 가담하고 전봉준 군대가 되어
유배지의 한을 풀던 곳
저 쇠뿔같이 들이받는 불같이 일어서는 외침은
어제 오늘 불거져 나온 신생아가 아니다
일해도 돈 못 받고
좋은 말 건네도 유배지로 쫓아 보내고
어디 하루 이틀에 덮일 상처인가
예삿일 아니네 예삿일 아니네
저 끊이지 않는 소리는 천년 입 다문 소리의 터짐
저 끊이지 않는 대열은 그 옛날 한맺힌 삼별초의 뼈들이 일어서는 소리
막지 못하리라 막지 못하리라.

11

누구나 지켜보고 있는 환한 거리에서 한 점 이슬로 사라진 것은 자연의 섭리만은 아니다. 그들이 포근한 마음도 버리고, 다 같이 흐르는 따뜻한 피도 버린 채 덮쳐왔던 건 그들의 야수성 때문만은 아니다.

이제 다시 꽃은 피고 몇 십 년 만의 지독한 영산강의 얼음도 녹고 너의 죽음도 잊혀져 가지만 하찮은 망각조차도 세월 때문만은 아니다. 이 긴 어둠의 얼음을 뚫는 하찮은 숨소리까지도 물샐틈없이 재고 가는 손들은 있게 마련이다, 5월의 젊음을 피

우지도 못한 채 사라진 아우야.

지워도 지워도 다시 피어나는 불사신의 싹은 있어 6월로 피어날지 10월로 피어날지. 너는 사라졌지만 아직 희미한 그날의 기억은 살아 있어 이 밤 찬 가슴을 덮이는 밤이면 우리는 안다. 한 줄 역사도 없이 사라진 아우야, 역사를 지운 사람들이 떠는 밤이면 안다.

12

거리에는 어디서 날아들었는지 모를 유탄이 난비하고 곳곳에는 우리들의 연약함이 넘지 못하도록 덫이 놓여 있었지만 우리들은 조금도 두렵지 않았다. 우리들은 조금도 흩어지지 않았다. 우체국 앞에서 구두를 닦는 검은 손이건 양동 시장에서 닭 모가지를 비트는 피묻은 손이건 책을 만지던 하얀 손이건 서로를 거리낌 없이 비워 한 강을 이루고 있었다. 유탄이나 암호, 구령소리에 실려오는 얼굴들은 너무나 차고 완강해 힘이 모자라는 우리들은 불타는 눈으로 밤새 지키거나 서로를 부둥켜안고 있었지만, 그들은 몇 번이나 철갑에 싸인 채 우리들을 와해시키려 들었지만 우리들은 아무도 흩어지지 않았다. 황금동에서 술 따르는 누이건 빈 총을 쥔 채 며칠째 밥을 굶은 구두닦이건 피 낭자한 아들의 머리맡에 선 어머니이건 우리들은 모두 하나였다. 가슴속 못이 빠지기까지는 우리들은 하나도 흩어지지 않았다. 가슴 속에 하나의 푸른 하늘이 박혀 있었다.

13

구죽죽한 비 내리는 날이거나 으스스한 서릿발 내리는 밤이면 마을 사람들은 동구 밖 배고픈 다리를 지나는 것을 두려워하였다. 우리들 어린것들이 어머니의 완강한 저지를 뿌리치고 동구 밖을 나서기만 하면 뿌연 하늘로 어떤 불 하나가 피어오르는 것이 보였다. 그때마다 우리들은 도깨비야 도깨비야 외치며 집으로 숨어들어 오곤 하였다. 어떤 때는 술취한 칠동이네 아버지가 밤늦게 읍에서 돌아오다가 다리 위에서 얼어죽기도 하였다. 동네 사람들은 하나같이 귀신에게 홀려간 것이 틀림 없다고 혀를 끌끌 찼다. 마을 뒷산을 넘어 낯선 사람들이 덮친 날 마을 버리고 떠나는 사람들은 함께 따라나서지 않는 동네 사람들을 몽땅 끌어다가 동구 밖 배고픈 다리 밑에서 죽였던 것이다. 같은 저녁에 졸지에 제사를 맞는 생과부들이 울고 나서부터 거기에는 누구의 원한인지 모르게 인불이 피어오르고 있었던 것이다. 애문 사람들이 낯선 사람들의 야욕에 떠밀려 죽은 곳 지금도 그곳에서는 비오는 날이면 잠 못 이루는 원한들이 피어올라 묻힌 역사를 캐내고 있다.

14

관을 내린다. 저는 아무것도 가리지 않은 채 방패처럼 형제들 앞에 떨어지는 파편 앞에 섰던 사람. 가여운 고향 사람들에게 양심의 칼이었던 사람. 한 줌 흙으로 돌아가는 길 값싸게 보내지 않을 사람들 모여 입술을 깨문다.

헛되지 않아라 헛되지 않아라. 저 하나 던져 평화로운 거리를 깨뜨리고는 캐터필러 앞에 던져져 신음하는 사람들을 구하고 저는 산산이 부서졌던 사람, 이제 물이 되려 하고 있습니다. 바람이 되어 진정한 자유를 얻으려 하고 있습니다. 우리를 희망의 완성을 위해서라면 빈 껍질의 몸 기꺼이 버리고 시퍼런 정신 하나 칼 앞에 내밀었던 친구의 얼굴이 이제 막 녹아내리려 하고 있습니다.

헛되지 않아라. 그 피 비록 이 세상의 꽃을 누리진 못해도, 고운 흙으로 빚어진 그대 웃음이 많은 사람들의 얼굴에 피는 날 꼭 오리니. 안개가 되어 떠나는 그대 하나도 외롭지 않아라.

관을 내린다. 가난한 이에게는 밥이 되고, 갇힌 자에게는 용기가 되고, 손 없는 사람들에게는 따뜻함이 된 친구 하나 떠나고 비로소 아무도 가로막지 못할 새 세기의 막은 오르리라.

15

잿더미 뒤덮인 거리에서 갈 곳 몰라 우는 어린 누이야. 저기 거리에 넘어져 거멓게 그을린 네 엄마의 슬픈 죽음은 너만의 것은 아니란다. 엄마의 손은 어디서 놓친 것인지도 모르면서 우는 아가야 네 엄마는 배고파하는 네게 젖 한 번 물리지 못 한 채 하늘나라로 갔지만 외로움은 너만의 것은 아니란다. 아가야 포연 속에 선 아가야. 이방인들이 밀려든 거리에서 어린 너를 잊지 못한 채 네 어미는 갔지만 네 어미의 죽음을 딛고 네 친구들의 가슴에 봄이 왔단다. 네 어미의 죽음 하나는 저 많은 젊음들을 굳세게 길렀단다.

이제 어서 울음을 그치고 마음을 굳게 먹어라. 지금은 어려서 아무것도 보이지 않지만 이다음에 크거든 너를 삼엄한 거리에 던진 사람들이 누군지 알아 불타는 눈으로 그들을 노려보아라. 너와 네 친구들에게 알려 저 거리의 이방인들에게 내준 마음을 되찾고 일어섬의 뜻을 되찾아 네 어미의 죽음을 헛되지 않게 하여라, 아가야.

16

낯 모르는 사람들이 덮쳐 대열을 와해시켜 버린 그날로 교정을 떠난 형은 이곳저곳을 전전했다. 책을 던진다는 것은 이렇듯 잔혹한 것인가. 거리에 던져진 형은 포장마차를 끌다가 단속반에 채이기도 하고, 인천부두에 가 하역작업을 하기도 했다. 책을 만지기만 하던 고운 손에 매듭이 잡히고, 매끄럽던 턱에는 덥수룩이 수염이 앉았다.

육순이 가까운 어머니는 아직도 식당에 나가 주방일을 보고 계셨다. 그렇지만 교정을 떠나 막일꾼이 된 형을 원망하거나 부끄럽다고 생각한 적은 한 번도 없었다.

얼마 안 가 형은 부두노동을 청산하고 선반공이 되었다. 책 속에 빠져 있던 안락한 버릇을 팽개치고, 산다는 것의 희열을 알 것 같다고 편지에 쓰고 있었다. 대학을 떠나 받는 고통은 차라리 행복이라고 했다. 그렇지만 멍든 세월이 형에게 지운 자국을 누가 있어 지워줄 것인가. 누가 있어 보상할 것인가. 열심히 살고자 발버둥치는 형을 가시관의 계절은 그대로 놔두지 않았다. 혹사당하는 선반공들과 더불어 업주의 횡포에 맞선 형은 어머니의 환갑날 다시 감옥에 들어갔다.

17

복면을 한 괴뢰군들 한떼가 마을을 휩쓸고 지나갔다. 아슬아슬한 바위가 솟은 동해로 밤을 도와 파고들어 박격포탄을 날려 사람들의 가슴을 찢은 다음 사람들의 눈에 띄지 않은 채 잠적해 버렸다.

항상 우리들 속에 섞여 있지만 같은 줄기의 피가 흐르지 않는 사람들이 우리도 모르게 마을을 훑고 지나가 버렸다. 몇 백 몇 만 사람들의 불행을 낳을지도 모르는 수렁을 수없이 파놓고 훌쩍 떠나 버렸다.

그들이 우리를 보는 눈은 보이지 않는다. 우리는 상자곽인지도 차면 찰수록 더욱 단단해지는 돌멩이인지도 모른다. 밟으면 밟을수록 솟아나는 풀인지도 모른다. 잠재워도 솟아나는 파도인지도 모른다.

사람이 사람으로 보이지 않는 힘이 마을을 휩쓸고 지나간 자리에 울음 낭자하고 다시 더 불같이 일어서는 소리들로 가득하다.

18

백화점 앞에서 툭툭 밝은 웃음을 터뜨리는 사람들에게는 제 갈 길 하나 잘 간수해 밀려날 수 없는 자리 하나 마련한 사람들에게는 아가야 애비도 없는 너는 불쌍해 보이겠지만 지아비의 따스한 손 하나 빌리지 못하고 새벽길 행상을 떠나는 네 어미에게 팔자 드센 여자라고 사람들은 돌을 던졌지만 아가야 너는 불쌍한 아기만은 아니란다. 불타는 거리에서 모두들 달아난 뒤에도 목숨 하나라도 건지고자 네 아비는 섰다가 감옥에 갇혔지만, 네 아비는 저를 묶고 많은 사람들을 풀었단다. 네 어미는 잠시의 가난을 뿌리치자고 남의 손 넙죽넙죽 빌리지 않고 당당한허리로 냉혹한 거리에 나섰단다 아가야 남들이 놀리더라도 쉽게 울음 터뜨리지 말고 돌멩이를 쥐어라. 네 아비가 저들에게 목숨을 넘겨주는 날 거리의 어둠은 걷힐지니 행여 흔들리지 말고 애비의 죽음을 되갚을 꿈을 길러라.

19

한 사람의 배반이 많은 사람들에게 괴로운 밤을 가져왔다.

잠시의 고통을 참지 못하고 그가 입을 연 그 밤으로 많은 사람들에게 고통이 일시에 덮쳤다.

한 사람의 친구가 남의 살이 된 날, 깨어나 돌아보면 밤새 온 근육을 욱씰거리며 쌓아올린 노동의 성들은 어디론가 사라지고 질척거리는 땅만 다시 남았다.

노래는 누군가에게 빼앗기고 긴 터널들만 남아 끌려드는 사람들을 기다리는 여기 묵중한 강제 앞에서도 꺾이지 않는 한 사람의 넋이 모든 사람들의 숨어 있는 힘을 일깨운다.

20

가슴 아픈 일, 차마 눈뜨고 볼 수 없는 일 있어도 선뜻 나서서 바로잡자고 외치지 못하고, 속속들이 끙끙 앓다가 남을 위해서는 자기를 똥물까지 서슴없이 비울 줄 알다가 신문사를 쫓겨나와 거리에 던져진 선배들을 보면 나는 눈물이 난다. 차라리 책을 과감히 던지고 교문을 박차고 나온 내 친구들이나, 철공소에서 근육을 지치도록 혹사당하는 사촌보다 더 안타깝게 보인다.

당장 밥 지을 쌀이 없으면서도 후배들을 접대하기 하느님보다 더하고 구부러진 허리일망정 아무 데에도 굽히지 않고 다니는 형들을 보면……장사는 되지 않으면서도 젊은이들에게 도움이 되는 책을 내느라 고심참담하는 박병서 선배나, 몫돈이 되지 않는 글에 더 열심인 이태호 선배를 만나다 보면 세상 바르게 사는 법이 다름 아니라는 생각이 든다. 내가 먼저 가슴이 막혀 버린다.

말을 지킨다는 것은 이토록 괴로운 것일까. 단 한 마디 말의 정절을 지키기 위하여 차례차례로 자기를 비워나가는 형들 곁에서 나는 몸 둘 바를 모른다.

내가 성급하게 팔아넘기는 몇 마디 말들이 그들에게 하마나 철조망이 되는지, 캄캄한 벽이 되는지…….

21

얼굴에 푸르죽죽할 검버섯이 핀 여자들을 옆에 놔두고 방석

집에 앉아서 술잔을 기울이는 동안 그와 나는 인간적이다. 경계해야 할 대상이 뭐라는 것도 그가 하는 일이 때로는 나 같은 모난 돌들을 골라내는 일이라는 것도 잊는다. 그때는 정말 부딪치는 술잔 속에 의기투합된 기분을 느끼기도 한다. 그는 때로 서점현장에 나가 장부를 들추기도 하고 진열장에 꽂힌 책을 억지로 빼앗기도 하지만 마음아파 견딜 수 없을 때가 많다고 넌지시 말했다. 모처에서 나온 직원들은 마구 뽑아재끼지만 자신은 차마 그럴 수 없어 그들보다 먼저 몇몇 속죄양들만 솎아내고는 살려준다고 했다. 자기가 솔선수범해서 고르고 나면 그들도 차마 어쩌지 못하니까 결국 자기는 가여운 업자들을 살리는 셈이 된다고 자랑스럽게 얘기했다. 결코 변명은 아니라고 말끝에 주석을 달기도 했지만.

많은 출판사들이 문닫을 지경에 이르기보다는 몇몇을 희생시키는 것은 가엾지만 어쩔 수 없는 일이 아니냐고 자기 책임이 아니라고 했다. 조금씩조금씩 양보하다가 마침내 다 털리고 마는 처세법을 그는 아는 걸까 모르는 걸까. 뇌까리듯 항상 약자의 편이라고 강변하는 그의 곁에서 벼랑으로 몰아 세워진 얼굴을 읽는다. 찢기는 책의 울음을 술잔 속에 연방 떨어뜨리며…….

22

지방법원 뜨락에는 라일락이 흐드러지게 피어 계절을 만끽하게 하고 있었다. 방청권을 얻지 못한 사람들은 초조하게 서

성거리고 있었고, 무엇을 두려워함인지 법정의 창문은 굳게 닫히고 출입은 통제되었다. 누가 심판을 받는 것인지, 누가 죄인이라는 것인지 푸른옷 굵은 포승에 묶인 친구는 하나도 굴함이 없이 당당했다.

무엇을 믿고 살아야 하는 것인지. 내 친구는, 책도 빼앗기고 정든 친구들도 이 땅을 사랑하는 마음마저 빼앗긴 친구들은 무엇으로 차가운 벽을 저렇듯 치고 있는 것인지. 지방법원에 가면 눈물이 앞서다가도 이를 악문다. 모든 것 다 빼앗기고도 모든 자유 어둠의 손에 다 반납하고도 당당하기만 한 친구를 보면서 나는 움츠렸던 어깨를 비로소 편다. 막혀 있는 목청을 힘껏 터 노래부른다. 바리케이드를 넘어 친구의 포승 풀러 간다.

23

서울의 탁한 공기 속에 갇혀서
너를 잃었다가도
문득 깨어나는 아침 너는 보인다
두렁에 박혀 피를 뽑다가도
공장 굴뚝 아래 검은 얼굴이 되어 있다가도
그리움을 생각하면 너는 화안히 다가온다
어두운 골목에 빛이었던 친구
포개져 짓눌리는 층계를 일시에 허물고
신음소리를 걸어가던 친구
우리가 이토록 수모를 참는 건
굴욕을 속으로 속으로 삼키는 건

너를 향한 확신이 있기 때문이다
너를 향한 그리움 너를 기다리는 기쁨
세월의 깊은 흠 속에
우리들의 만남은 만남으로 기쁘지 못한 채
벅찬 아픔이구나 더 먼 이별이구나
강물은 여전히 슬픔을 져나르고
쓰러져야 할 건물은 여전히
그 자리에 앉아 길을 막는다
아직껏 옛 전우들이 우리들의
안녕을 걱정하는 변함없는 날
문득 서울의 마취에서
고개를 드는 곳에 상처는 다 깨어나 있다.

24

이 날이 다시 찾아오지 않는다고 생각지 말아라. 이 날은 폼페이우스 최후의 날 거리에 나선 자 모두 목숨을 바쳤듯이 1960년 4월 압제의 앞잡이가 쏜 총탄에 맞아 쓰러지면서도 굴하지 않고 자유와 정의를 외치던 그날처럼, 그날의 하늘처럼 꼭 다시 오리니.

이 날에는 한 포기 풀도 칼 끝에 다 베어져 숨을 거두어야 했지만, 눈먼 자 마침내 눈을 떠 보이지 않던 부정을 캐내고 귀먼 자 입을 열어 술렁거리는 땅의 아우성 소리를 들은 날. 하찮은 일로 헤어졌던 사람들 다시 만나고 주저앉은 앉은뱅이까지가 일어서서 하늘의 저주에 맞선 날.

이 날은 다시 찾아오리라. 폼페이우스 최후의 날처럼 마침내 향락과 육욕의 마성이 사라지고 그리운 얼굴들 다시 나타나리라.

죽은 자 다시 살아나고, 지금 입이 큰 사람들 모두 사라지리니.

25

지금은 저 음습한 무기의 그늘에 묻힌 사람들도 모두 일어서야지. 이름도 없이 사라졌던 사람들 라일락꽃 환한 웃음으로 돌아오고, 묶여 있던 팔뚝들 모두 모여 가지 못한 길 횃불 들고 치달려야지. 문화동 88번지 흰 담벼락 너머 통한의 벽을 치는 가슴에 맺힌 것들도 풀어내리고, 어두운 골목 패스포드 펼치는 소리들도 그쳐서 저 긴 장막 헤쳐 사랑의 나라로 꼭 가야지.

거짓 종이더미 앞에 눈을 잃은 사람들 눈을 찾아, 거리에 가득 찬 헛소리 앞에 말문 막힌 사람들 입을 열어 잃어버린 길 챙겨야지. 어느 누구도 건드릴 수 없이 금남로를 지키던 어깨들 위에, 굴욕의 세월 팽개치려던 외침들 위에 뒤덮이던 식민지의 그늘.

지금은 모두 돌아와 찾아야 한다. 풀 하나만 숨을 거두어도 되새기던 죽음의 뜻, 몇 날 몇 밤 벽보판 뒤지며 일자리를 찾는 대열들, 아무런 부끄럼도 없이 옥문을 열던 젊음들의 뜻 모두 모두 거두어 밝혀야 할 식민지의 긴 밤.

온몸이, 부서져 그대 돌아온다 해도 외롭지 않아라. 이제는 다시 그 봄의 함성 놓치지 않을 사람들 손에 손 잡고, 두 눈에는 불을 켜 거짓의 성으로 몰려갈 것이니, 아무도 그대 못 박힌 손으로 여는 새 봄의 장막 가로막지 못하고, 5월은 다시 새 사람들의 풍성한 가슴에서 가슴으로 옮겨 심어지고 있으니.

문학평론

시와 리얼리즘

최두석

상황이 작가의 희망과는 역방향으로 전개될 때, 혹은 역방향으로만 전개되는 듯이 보일 때, 작가는 허무의 늪에 빠져서 창작을 계속하기 어렵게 된다. 1980년대에 들어와 소설이 부진해진 이유는 바로 이러한 점 때문일 것이며, 1980년대를 1970년대로부터 구분 짓는 사건, 혹은 그와 유사한 양상의 폭력은 현실 인식을 바탕으로 하려는 작가의 창작에 매양 제약조건으로 작용하게 되는 것이다. 그러나 제약이 심한 만큼 역으로 현실인식의 중요성은 증대된다.

시에 현실묘사의 가능성이 있느냐고 묻는다면, 현실묘사에는 '모든 사건을 앞에 드러내고 균일하게 조명하여 의미를 분명히 제시'하는 경우도 있지만 또한 '표현되지 않은 것을 암시하여 의미가 복합적이어서 해석이 필요한 경우'도 있다는 사실을 말하고 싶다. 시의 현실묘사는 물론 후자에 더 관련되는데 바로 이 점이 모든 사건을 명백하게 드러내기 곤란한 이 시대에 시가 담당할 수 있는 역할로 판단되며 시와 리얼리즘을 묶어서 논의할 수 있는 근거라고 하겠다. '리얼리즘이 현실인식을 바탕으로 하는 창작태도이면서 동시에 역사진보를 전제하는 세계관'이라면 굳이 소설에 한정시켜 논의할 필요는 없을 것이다. 즉 시로 현실인식을 드러낼 가능성은 충분히 있다고 생각되며 역사진보를 전제하는 세계관이라는 점에서 시가 소설에 뒤질 이유는 없을 것이다.

리얼리즘의 발전단계로 보아 이 글은 서양의 '비판적 리얼리즘'이나 '사회주의 리얼리즘'과는 구별되는 '제3세계 리얼리즘'을 염두에 두고 쓰여진다. '비판적 리얼리즘'이나 '사회주의 리얼리즘'이 각각 부르주아와 프롤레타리아에 연결된다면 제3세계 리얼리즘은 민중에 연결된다고 할 수 있다. 그렇지만 민중은 부르주아나 프롤레타리아 같은 확실한 계급개념이 아니다. 제3세계의 여러 모순이 외세의 억압에 기인한다는 점에서 민중개념은 계급개념에 민족개념이 결합되어 각국의 사정에 따라 유동하는 상태이다. 이러한 격동기의 문학양식은 사실 시가 적당하다.

우리 동인 중에 어느 누구도 가업을 계승하여 대를 이은 사람은 없다. 학창시절 학우 중에 몇몇은 고시를 준비했으며, 그러한 개인적인 계층상승을 무의미하다고 생각한 몇몇은 학업을 중도에 끝맺었다. 즉 격심한 계층이동의 소용돌이 안에 놓여 있었다고 말할 수 있겠는데 이것이 우리에게 시를 선택하도록 작용한 점도 있다. 그리고 소설이 오늘날 쉽사리 상품물신주의에 영합하는 반면, 시는 끝끝내 세상을 바로 보고 바로 살려는 자의 양식으로 살아남을 가능성이 많으니 이것이 시와 리얼리즘을 함께 논의하는 또 다른 이유이다.

이제까지 리얼리즘이 시보다 소설을 위주로 논의되었던 이유는 '시는 수천 년 동안, 변함없는 서정 장르'라는 식의 고정관념 때문일 것이다. 이러한 장르이론은 곧장 '시는 역사진보에 관하여 본질적으로 무력한 장르'라는 생각과 이어진다. 그렇지만 서정과 서사를 구분하는 기준과 시와 소설을 구분하는 기준은 서로 다른 위상에 속하는 것이며 그러한 고정관념이 서양이론의 직수입과 무관하지 않다고 할 때 서양의 시와 이 나라의 시가 함께 거론될 수는 없는 것이다. 물론 신라 향가와 오늘날의 시에 공통된 부분이 없지는 않겠지만, 시 쓰는 자가 미래의 유토피아에 참여하기를 열망할 경우, 수천 년 동안 변함없이 고정된 부분에 붙박히려 하지는 않을 터이다. 1970년대 리얼리즘시의 성과로 손꼽히는 김지하의 담시 「오적」은 시 장르에 대한 고정관념을 깨뜨린 실험정신의 측면에서도 획기적이다.

시의 대상을 주관과 객관으로 대립시켜 나누면 주관의 영역에는 감정과 생각을 객관의 영역에는 이미지와 사건을 놓을 수 있다. 감정이나 생각은 인식주체에 관련되고 사건이나 이미지는 인식대상에 관련된다는 점에서 그러하다. 또한 감정은 개인의 의도와는 관계없이 발동되며 마음대로 조절할 수가 없다는 점에서 수동적이고 생각은 임의로 조절할 수 있고 스스로 무엇인가 한다는 점에서 능동적이다. 그리고 이미지는 그 스스로 변화를 초래하지 못한다는 점에서 정태적이며 사건은 변화를 가져온다는 점에서 동태적이다. 이러한 시의 대상영역을 도표로 제시하면 다음과 같다.

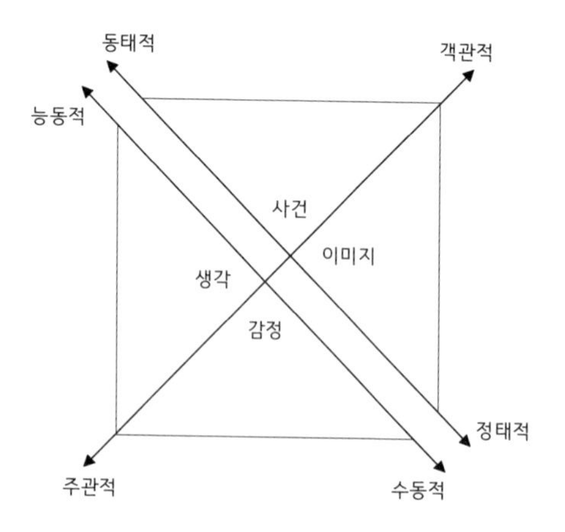

감정, 생각, 사건, 이미지는 서로 분리할 수 없도록 긴밀히 엉켜서 시에 나타나지만 어떤 것이 위주인가는 분명히 다른 문제이다. 시는 역사진보에 대하여 본질적으로 무력한 장르라는 식의 견해는 종래의 시에 대한 논의가 감정이나 이미지 중심이었다는 사실과 관련되며 시의 대상을 감정이나 이미지에만 붙잡아 매는 것은 시가 열린 장르라는 점을 망각한 소치이다. 상황 뒤의 구조적 진실에 대한 파악은 시 쓰는 자의 명석한 사유작용을 요구하며 구조적 진실이 드러나는 상황의 표면에는 으레 전형적인 사건이 일어난다. 즉 리얼리즘시의 가능성은 오늘날의 지나친 심정주의에 대한 반발의 의의에서라도 능동적인 생각이나 동태적인 사건에 오히려 넓게 열려 있다고 판단된다. 이 점은 근래의 시에 나타나는 투철한 현실파악이나 이야기시에 대한 시도와 무관하지 않다.

감정이나 이미지 쪽을 편애할 경우 자칫하면 심정주의로 치닫게 된다. 왜냐하면 감정을 객관적 상관물인 이미지로 온전히 대체한다 하더라도 가면에 불과하기 때문이며 이미지 위주의 시에 대해 감정의 절제 운운하는 것이 이를 반증한다. 또한 생각이나 사건 쪽을 극단으로 밀고 나갈 때 이념주의로 나아간다. 국문학사에서는 소월, 영랑, 지용 그리고 소위 문협정통파가 심정주의에 해당되며 개화가사나 육당의 창가와 신체시 그리고 프로문학파가 이념주의에 속한다. 이것은 바로 한국현대시의 고질인 내용, 형식의 분열문제에 연결된다. 이러한 극단을 지양하고 생각, 사건, 감정, 이미지가 변증법적으로 종합 통일되는 자리에 리얼리즘시가 놓일 것이다. 상상력이, 눈과 귀가 있으나 보고 듣지 못하고 가슴과 두뇌가 있으나 느끼고 이해하지 못하는 것을 동시에 보고 듣고 느끼고 이해할 수 있도록 통일 조화시키는 힘이라면 상상력이 발휘될 자리는 역동적으로 움직이고 있는 이 시대의 상황 바로 여기인 것이다. 이러한 상상력이란 생각, 감정, 사건, 이미지를 종합 통일하여 드러내는 힘과 별로 다르지 않기 때문이다. 오늘날 공상을 상상력이라고 믿고 떠드는 자들이 많은데 이들은 분명히 구분되어야 할 것이다.

시에서 리얼리즘을 말할 때 그 시정신은 변증법에 관련된다. 변증법은 우선 자아와 세계, 주관과 객관, 주체와 객체, 부분과 전체가 통일되는 운동을 전제한다.

한용운의 "님은 갔지마는 나는 님을 보내지 아니하였습니다"는 불교의 유심론을 바탕으로 한 것이거니와 서구정신사에서의 비극적 세계관에 대응한다. 님 곧 진실이 숨어 버린 현실은 움직일 수 없는 상황이지만 시인의 자아 안에서는 님을 보내지 않았다고 하니 대단히 주관적인 시세계이다. 사실 한용운의 시에서 당대현실의 구체적인 실상을 찾아보기 어려운 이유는 여기에 있다. 객관적인 현실세계를 드러내지 못하는 시는 따라서 리얼리즘 이전의 시에 속한다. 한편 소재를 농촌이나 도시근로현장으로 국한시킨 작품에 대해 소재주의라는 비판이 적절하게 적용된다면 이것은 소재의 문제에만 치우친 나머지 시 쓰는 주체를 망각한 결과이다. 시 쓰는 자의 삶과 동떨어진 글은 구태여 리얼리즘을 거론하지 않더라도 무의미한 것이다.

1970년대 시의 중요한 특성으로 민중에 대한 신념을 들 수 있다, 그렇지만 민중의 현실에 대한 접근을 뒤로 미룬 채 결단을 통한 신념만을 앞세운다면 주관과 객관이 통일되어 가는 변증법의 회로는 자연히 생략된다. 시인이 특권계층에 속하지 않는 한 시적 자아는 민중현실의 가운데에 놓여 있는 것이며 거기에서 리얼리즘시의 바탕인 경험이 이루어진다. 실상 아무리 선의에서 나온 신념이라도 실제 경험을 대신할 수는 없다. 사회의 진보에 대한 문학의 기여는, 작가의 신념에서보다는 작품 자체에 현실의 구조적 진실이 얼마나 잘 드러나 있는가에 기인한다는 점은 널리 알려진 사실이다. 또한 역사주체로서의 민중에 대한 신념을 시인이 결단을 통해 갖는다고 할 경우, 그 결단이나 신념 같은 덕목이 민중의 것이기는 어렵다. 따라서 민중에 대한 신념을 토로한 시가 진정한 민중시인가도 문제가 있으며 리얼리즘시로서도 본격적인 것일 수 없다.

한편 부분과 전체의 통일 문제는 시에서 가장 어려운 것으로 부각된다. 어떤 이는 '시가 과연 어떻게 현실개혁을 할 것인가'라는 질문에 대해 쉽사리 무력해지고, 또 어떤 이는 너무 성급하게 흥분한다. 그렇지만 이러한 무력감이나 흥분은 시를 세상으로부터 떼어서 진공 속에 놓으려는 발상과 크게 다르지 않다. 시는 세상의 한 부분이고 세상 안에서 기능하며 현실이 무슨 수술대 위에 누운 환자처럼 시인 앞에 존재하는 것이 아니다. 따라서 위의 질문은 '시가 전체 현실 속에서 어떻게 바르게 작용할 것인가'로 수정되는 것이 마땅하다. 그리고 시가 어떻게 전체현실과 긴밀히 관련될 것인가는 리얼리즘의 중요개념인 총체성 문제에 연결된다.

총체성 개념은 개별 작품이 인생의 어떤 부분을 다룬다고 할 때 개별작품 한 편에만 제한적으로 적용되지는 않는다. 단시이건 장시이건 그 자체로 완결되겠지만 각 작품은 단지 부분에 불과하다. 한 작가가 시를 일이 년 쓰고 마는 것이 아니기에, 중요한 것은 각 부분이 파편으로 머무르지 않고 혹은 각 작품이 단순한 반복에 그치지 않고 서로 얼마나 긴밀히 관련되어 발전하는가이다. 소설가의 생애보다 시인의 생애가 중시되는 이유는 바로 여기에 있다. 물신이 지배하는 사회에서 진정한 가치를 추구해 가는 문제적 개인이란 시에서는 시인 자신이겠기 때문이다. 또한 총체성의 개념으로 시를 볼 때 다루는 소재의 평면적인 넓이와 함께, 주제에 대한 집중적이고도 깊이 있는 접근을 중요하게 생각한다. 한편 이 넓이와 깊이의 문제는 대체로 넓은 강이 깊기도 하다는 비유로 통일된다. 그러니까 총체성의 획득 문제에서 단시보다는 장시가 유리하며 장시는 총체성 면에서의 성과를 생명으로 한다고 보인다.

그렇지만 사회의 총체를 완벽하게 작품화하는 것은 불가능하기 마련이고 얼마만큼 가까이 접근하는가가 중요하다. 리얼리즘시가 추구하는 사회현실이란 끊임없이 변화하는 것이기 때문에 더욱 그렇다. 여기에서 선택의 문제가 생기고 선택의 대상은 전형성을 지닌 상황이나 사물이나 인물이다. 그리고 이러한 선택에 중대한 역할을 하는 것은 바로 전망이다. 현재에 대한 타당한 인식은 과거에 대한 인식의 표준이 된다. 그렇지만 미래에 대한 정당한 인식은 현재에 대한 타당한 인식만으로는 부족하고 미래에 대한 전망 즉 외세의 멍에를 벗고 통일로 나아가는 과정 혹은 단계에 대한 전망의 획득 속에서야 가능하다. 또한 현재에 대한 인식도 미래와의 관련없는 독자적인 것일 수는 없을 터이니 이러한 전망에 맹목인 작가가 당대 현실을 제대로 바라보기는 어렵다. 특히 시는 매개자로서의 인물을 통하기보다는, 시인 자신의 관점을 직접 드러내는 경우가 대부분이기에 전망의 충실성 여부가 리얼리즘시로서의 충실성 여부에 보다 직접적으로 관계된다.

이러한 전망의 문제는 당대의 현실에 뿌리를 내린다는 점에서 낙관론과 구별된다. 희망이나 사랑이 아무리 절실하게 요망된다 할지라도 현실에 대한 충실한 인식을 전제하지 않고서는 무의미하다. 현실이란 개인의 주관적 관점에 의해 마음대로 왜곡될 수도 없는 것이며 현실상황이 희망적인 전망을 갖게 하지 않을 때 희망을 너무 쉽게 말하는 것도 일종의 허위의식이다. 가령 이용악의 「낡은 집」 같은 시는 일제 때의 리얼리즘시로 대표가 될 만한데 동네 친구 일가족의 국외이주와 그에 따라 흉가가 된 낡은 집이라는 1930년대 말의 전형적인 사건 혹은 현실을 형상화시킨 것이다. "청노루 맑은 눈에 도는 구름" 같은 몽상과는 대조적으로 생생한 현실을 드러내기에 충실했으며 희망적인 전망도 별로 없고 "천고의 뒤에 백마 타고 올 초인"을 말하지도 않는다. 그리고 이 점이 리얼리즘시로서 진실되어 보인다.

전망은 역사주체를 어느 집단으로 보는가에 따라 달라진다. 1970년대 문화 일반에 강렬한 빛을 던졌던 민중은 곧 역사주체로 설정된 개념이다. 민중이란, 특권 계층에 대한 대립 개념으로 이에 대한 전폭적인 신뢰를 1970년대 중요한 일군의 시인들이 요구하였다. "민중의 거대한 힘을 믿어야 하며, 민중으로부터 초연하려고 들 것이 아니라 민중 속에 들어가 그들과 함께 생활하는 자기 자신을 확인하고 스스로 민중으로서의 자기긍정에 이르러야 할 것"(김지하, 「풍자諷刺냐 자살自殺이냐」)이라는 발언이 바로 그것이다.

오늘날 우리 동인들도 역시 민중을 역사주체로 설정한다. 그렇지만 우리는 무슨 당위적인 요구나 전폭적인 신뢰에서가 아니라, 뚜렷한 계층(계급)의식과 현실적인 힘을 갖추고 민족의 미래에 기여할 다른 집단이 출현하지 않았기 때문이다. 그리고

'민중의 목표가 무엇인가보다 선행하는 문제는 민중이란 무엇이며 민중의 속성에 합당한 민중의 행위가 무엇인가'이다. 민중이 현실변혁의 힘으로 작용하기 위해서는 우선 불투명한 피지배, 피억압의 상태가 아닌 계층(계급)의식을 지닌 사회 집단으로 분화·발전해야 할 것이다. 그리고 노동자, 농민, 시민, 지식인 등의 집단이 구체적인 힘의 관계로 맺어져서 모든 모순의 응축점인 분단을 극복하는 추진력으로 작용할 때 민중은 명실공히 역사 주체가 될 수 있을 것이다. 힘은 집단에 의해 나오고 집단은 집단의식에 의해 형성된다. 그러므로 당면한 문제는 노동자, 농민, 시민, 지식인 등의 집단의식 형성이라고 볼 수 있겠다. 즉 현 단계의 진정한 리얼리즘시는 위와 같은 전망을 작품으로 형상화함으로써 결국 집단의식의 형성에 기여할 수 있을 것이다.

역사주체로서의 민중을 동학혁명 때만큼 실감하게 된 시대는 우리 민족사에 일찍이 없었다. "사람마다 하느님을 모셨으며 사람이 곧 하늘"이라는 인내천人乃天 사상은 민중을 역사주체로 보는 사상과 별로 다르지 않다. 그렇지만 외세에 의해 동학군이 패퇴함으로써 민중이 제 기능을 제대로 수행할 수 없게 되었다. 이러한 상황은 일제의 식민지 통치에 의해, 혹은 좌·우익 이데올로기의 극한적인 대립에 의해 거듭 연장되는데, 이러한 현실에 변화를 추구하는 리얼리즘시의 흐름도 복류할 수밖에 없었고 간혹 나타나는 성과도 지속적일 수 없었다.

리얼리즘시가 문학운동의 표면에 등장한 것은 주로 『창작과 비평』지를 중심으로 해서이다. 물론 이 시들은 "현실에 대한 정당한 인식과 정당한 실천적 관심이라는 애매한 기준"(백낙청, 「리얼리즘에 관하여」)이 적용되어야 할 만큼 리얼리즘시로서 애매한 것이었으나, 집단적 주체인 민중에 대한 인식이나 제3세계적 관점을 드러낼 만큼은 발전하였다. 그렇지만 시 장르에 대한 고정관념을 벗어나는 문제에서, 변증법적인 시정신이라는 점에서, 총체성 실현이라는 문제에서, 현실에 대한 철저한 인식에 근거한 전망이라는 점에서 결코 만족스러운 것이 아니었다. 그리고 이러한 불만은 결국 1980년대에 우리 동인들이 혹은 우리 세대의 시인들이 맡아야 할 어려운 임무로 전환되는 것이다.

최두석

1956년 전남 담양에서 태어났다. 중·고등학교는 광주에서 다녔고, 서울대 국어교육학과를 거쳐 국어국문학과 대학원을 졸업했다.

1980년 『심상』을 통해 등단했고, 시집으로 『대꽃』, 『임진강』, 『성에꽃』, 『사람들 사이에 꽃이 필 때』, 『꽃에게 길을 묻는다』, 『투구꽃』, 『숨살이꽃』 등을, 평론집으로 『리얼리즘의 시정신』과 『시와 리얼리즘』을 간행했다. 오장환문학상을 수상했다.

강릉대 국문과 교수를 거쳐 현재 한신대 문예창작학과에서 교수로 일하고 있다.

곽재구

1954년 전남 광주에서 태어났다. 전남대 국문과를 졸업하고, 숭실대 대학원에서 한국현대문학을 전공했으며, 현재 순천대 문예창작과 교수로 재직하고 있다. 1981년 『중앙일보』 신춘문예에 시 「사평역에서」가 당선되어 문단에 등단했으며, 이후 '5월시' 동인으로 활동했다.

시집으로 『사평역에서』, 『전장포 아리랑』, 『한국의 연인들』, 『서울 세노야』, 『참 맑은 물살』, 『꽃보다 먼저 마음을 주었네』, 『와온 바다』, 『푸른 용과 강과 착한 물고기들의 노래』 등을 간행했으며, 시선집 『우리가 별과 별 사이를 여행할 때』 등이 있다. 신동엽창작기금(1992), 동서문학상(1996), 대한민국문화예술상(문학, 2018)을 받았다.

이영진

1956년 전남 장성에서 태어났다. 1976년 『한국문학』에 「법성포」 등으로 한국문학 신인상을 수상(1976)하며 등단했다.

1981년 동인 결성에 주도적 역할을 하여 '5월시' 동인시집을 발간했다. 도서출판 청사, 인동출판사 등을 거쳐 1986년 자유실천문인협의회 사무국장을 역임했고, 『전남매일신문』 사장, 광주아시아문화전당 기획단장 등으로 일했다. 이후 아프리카의 남아프리카공화국과 나미비아, 미얀마 등에서 오지탐사를 하면서 사진 촬영에 몰두하고 있다.

시집으로 『6·25와 참외씨』, 『숲은 어린 짐승들을 기른다』, 『아파트 사이로 수평선을 본다』 등이 있다.

김진경

1953년 충남 당진에서 태어났다. 휴전이 되기 3개월 전에 태어나 전쟁의 흔적 속에서 어린 시절을 보냈다. 첫 시집 『갈문리의 아이들』은 이러한 어린 시절의 풍경과 사람들은 계속 살아가기 위해서 이 참혹하고 낯선 상처들을 어떻게 친숙하게 녹여 낼까 하는 물음이 담겨 있다.
1974년 한국문학신인상으로 등단했다. 자족적인 시 쓰기를 수년간 하던 중 1980년 5월 광주항쟁이라는 피 흘리고 있는 상처를 만나 '5월시' 동인으로 활동하고, 이후엔 교육운동에 참여하게 되었다. 이후 본업이라고 생각하는 글쓰기와 교육운동 관련 활동 사이에서 갈등하며 지냈다. 그동안 교육에세이집 『스스로를 비둘기라고 믿는 까치에게』를 내기도 했고, 동화 『고양이 학교』로 프랑스 아동청소년 문학상 앵꼬륍띠블상을 받았다.

나해철

1956년 전남 나주에서 태어났다. 유아 때부터 10세까지 영산강의 둑 바로 밑에서 살았다. 상여가 나가고, 굿판이 열리고, 마당에서 혼례를 올리고, 큰집에 사람들이 모여 제사를 지내는 동안, 바라보는 흥겨움과 신비와 슬픔이 있었다.
1972년 광주일고에 입학하여, 후에 '5월시' 동인이 되는 곽재구, 박몽구, 최두석을 동기동창으로 만나고, 나종영과 박주관에 이끌려 문학 서클 '용광'에 가입했다. 대학에서는 곽재구가 곁에서 시를 잃지 않게 해 주었다. 1976년 대구 영남대에서 주최하는 천마문학상 시 부문에 당선되었다. 1982년 『동아일보』 신춘문예에 당선되고, '5월시' 동인에 합류했다.
시집으로 『무등에 올라』, 『그대를 부르는 순간만 꽃이 되는』, 『긴 사랑』, 『꽃길 삼만리』 등을 펴냈다. 2016년 세월호 참사 때 304편의 하루 한 편의 시를 써 페이스북에 발표했고, 『영원한 죄 영원한 슬픔』이라는 제목의 시집으로 엮어 냈다. 한국작가회의, 민족문학연구회 소속이다.

나종영

1954년 전남 광주에서 태어났다. 교편을 잡은 아버지를 따라 함평, 장성, 강진 등으로 초등학교를 이곳저곳 옮겨 다녔다. 어린 시절 학교를 여러 곳 옮겨 다닌 탓에 여러 고을의 자연과 지리, 풍습을 체험했고, 이것이 후에 문학을 하는 데 좋은 자양분으로 작용했다. 수많은 시인, 소설가를 배출한

광주고등학교 문예반에서 활동했고, 부모님의 권유로 전남대 경제학과를 입학하고 졸업했다.
1981년 창작과비평사 13인 신작시집 『우리들의 그리움은』으로 등단했으며, 시집으로 『끝끝내 너는』, 『나는 상처를 사랑했네』 등이 있다.
1980년대 초 광주민중문화연구회와 도서출판 광주의 창립에 주도적으로 관여했고, 광주·전남작가회의, 순천작가회의의 출범을 이끌었다. 또한 2005년 9월 광주·전남 지역 최초의 종합문예지 『문학들』을 지역 문인들과 함께 창간하고 지금까지 통권 60호를 발행했다. 현재는 한국문화예술위원회 위원, 조태일시인기념사업회 부이사장으로 있다.

박주관

1953년 전남 광주에서 태어나 광주일고와 동국대 국문과를 졸업했다.
1973년 「풀과 별」로 등단했다. 상명여고 교사로 재직 중 '5월시' 초대 동인으로 참가했다. 문예진흥원을 거쳐 『무등일보』, 『호남신문』, 『광남일보』 기자를 지냈다. 시집으로 『남광주』, 『몇 사람이 없어도』, 『사랑을 찾기 위하여』, 『적벽은 아름답다』 등을 펴냈다.
2001년 천상병문학상 등을 수상하였다. 2012년 지병으로 광주에서 사망하였다.

윤재철

1953년 충남 논산에서 태어나 초중고 시절을 대전에서 보냈다. 서울대 국어교육과를 졸업하고 1981년 '5월시' 동인으로 작품 활동을 시작했다.
시집으로 『아메리카 들소』, 『그래 우리가 만난다면』, 『생은 아름다울지라도』, 『세상에 새로 온 꽃』, 『능소화』, 『거꾸로 가자』, 『썩은 시』 등과 산문집으로 『오래된 집』, 『우리말 땅이름 1·2』 등이 있다. 신동엽문학상과 오장환문학상을 받았다.
1985년 『민중교육』지 사건으로 구속 해직된 후 1999년 복직되어 다시 교직생활을 하다가 정년퇴임하여 현재는 자가 격리되어 집필활동에 전념하고 있다.

박몽구

1956년 전남 광주에서 태어났다. 전남대 영문과를 졸업하고, 한양대 대학원 국문과를 졸업했다. 1977년 월간 『대화』로 등단하여, 5·18 광주민중항쟁을 주제로 한 시집 『십자가의 꿈』을 비롯, 『칼국수 이어폰』, 『황학동 키드의 환생』 등의 시집을 상재했다. 한국크리스찬문학상 대상을 수상했다.

1978년 민주교육지표 사건 관련 1년여의 수배와 투옥 끝에 1980년 당시 시국 관련 학생 조직인 전남대 복학생협의회 회장을 지냈다.

5·18 당시 전남대생 200여 명과 함께 전남대 앞에서 계엄군과 대치 중 시민들과 합세하기 위해 금남로로 진출하여 전투경찰 및 계엄군과 맞서 싸웠다. 이것이 5·18의 발단이 된 것으로 평가받고 있다. 5·18 기간 중 범시민궐기대회를 주도한 혐의 등으로 내란죄로 수배 투옥된 바 있다. 5월구속부상자회 회원이다.

5·18 이후 서울로 상경하여 자유실천문인협의회 청년위원장 등을 지냈다. 월간 『샘터』 편집장을 역임하고, 현재 계간 『시와문화』 주간, 순천향대 객원교수로 있다.